북소리 장구소리

북소리 장구소리

안은희

차례

프롤로그

렉스버그(Rexburg)

벌리(Burley)

프롤로그

"엄마, 나 풍물 해도 돼?"
"풍물?"
"학교에서 하는 건데 나 하고 싶어."

　2009년 가을, 4학년이었던 딸아이가 동아리 가입 신청서를 들고 왔다. 3, 4학년 때 가입해서 졸업할 때까지 활동할 수 있다. 학교와 구청에서 지원하는 정식 동아리로 벌써 많은 아이들이 활동 중이었다.
　안내문에는 매일 8시까지 등교해서 40분 연습을 하고 교실로 돌아가 정규수업을 한다고 씌어있었다. 쉽게 말해 '0교시'를 하는 셈이다. 잦은 결석으로 연습량이 부족해서 실력이 쌓이지 않으면 각종 재능기부 공연이나 풍물대회에 참가할 수 없고, 국제 페스티벌에 초청받아 참가할 때도 함께 할 수 없었다. 방학 때마다 1주 동안 풍물 캠프에 참가해서 합숙 훈련을 마쳐야만 다음 학기에 활동을 이어갈 수 있다. 근교의 수련원에 모여 대부분의 시간을 연습에 집중하고 배운 것을 익혀 캠프를 마치는 금요일 밤에는 발표회를 한다. 캠프에 불참하면 그 연습량 차이는 엄청날 것이다. 허락했다.
　딸아이는 3학년 1학기 초에 심한 교통사고로 4학년 1학기까지 학교생활을 제대로 하지 못했다. 그동안 힘든 치료를 하느라 학교생활을 제대로 못 한 것이 한이 되었나 보다. 일찍 일어나는 것이 힘들어도 눈 비비며 화장실로 걸어가 씻고 서둘러 준비하고 학교에 갔다.

"엄마, 나 장구 치는데 진짜 재미있어."
"할만해? 힘들지 않아?"

"괜찮아. 6학년 언니가 가르쳐주고 선생님 오시면 다 같이 연습해. 진짜 좋아."

"그래, 열심히 해봐."

　궂은 비가 내리거나 점점 쌀쌀해지는 계절에는 손이 시린 게 당연한데 장갑도 끼지 않았다. 장갑을 끼면 손이 둔해져 장구채를 떨어뜨린다고 겨우 옷소매를 당겨 장구채를 잡았다가도 이내 소매를 걷어붙이고 열을 내며 연습했다. 추운 날은 강당 바닥이 너무 차서 앉기가 싫다는 불평도 했지만, 손난로를 들고서라도 연습에 참여했고 빠지는 날이 없었다. 대부분의 아이들이 열심히 했고, 결석이 잦은 아이들은 연습량 부족으로 합이 맞지 않으니 자연스레 그만두게 되는 것 같았다. 일단 '성실한 노력'이 무엇인지 배우는 아이들이었다.

　아이들이 열심히 하는 만큼 부모들도 적극적으로 후원했다. 아이들이 매일 사용하는 강당이니 학부모들이 청소해 주기 위해 조를 짜고 순번을 정했다. 청소하러 가서 만나는 학부모들과도 인사하게 되니 아이 덕분에 나의 인간관계도 넓어졌다. 지방에서 치러지는 대회나 축제, 기부 공연에 참여하게 될 때는 전세버스로 이동하며 부모님들과도 함께 했는데 내 아이 남의 아이 할 것 없이 서로 챙겨주며 덩달아 넘치는 열정을 보였다. 몇 해 동안 워낙 많은 경험이 쌓인 6학년 학부모들은 스태프로, 필요한 것을 하나하나 점검해가면서 챙겼는데 아래 학년의 학부모들에게 내년에도 이어서 잘 부탁한다고 당부했다. 학부모들의 열의를 보며 처음 입단 신청을 할 때 담당 선생님께서 하신 말씀이 떠올랐다. '아이만 열심히 해도 부모가 반대하거나 돕지 않으면 힘들고, 또 부모님은 시키고 싶은데 아이가 따라주지 않으면 어렵다'라는 말씀의 의미를 실감했다.

　겨울 캠프에 아이를 보내 놓고 걱정이 이만저만이 아니었다. 밥은 잘 챙겨 먹는지, 잠은 잘 자는지, 어디 아픈 데는 없는지…… 한 주가 지나고 그동안 배운 실력을 뽐내는 발표회 날에 남편과 일곱 살 아들과 함께 딸아이를 만나러 갔다. 일주일 사이 거칠어진 볼과 대충 묶은 머리를 보니 안쓰러웠다. 태어나 처음으로 엄마 품을 1주일이나 떠나 있었는데 걱정이 많았던 엄마에 비해 아이는 너무 멀쩡했다. 감사하고 다행인 것인데, 아이가 갑자기 쑥 커버린 것 같아 서운한 마음이 들었다. 누나의 공연을 지켜보던 작은애가 조용히 물었다. 무대에서 내려다 놓은 악기 옆에서 그 작은 손으로 북을 두드려 보면서 말이다.

"엄마, 나는 언제부터 북을 칠 수 있어?"
"3학년부터 시작할 수 있다니까 좀 기다려야겠는데? 북치고 싶어?"

아들아이는 말없이 고개만 끄덕였는데 그때 아이 눈에서 간절함을 보았다. 그 간절함이 사그라지도록 두기 안타까웠다. 담당 선생님께 말씀드렸더니 아이가 원하면 누나 따라서 연습에 보내라 하셨다. 아직 어리기 때문에 정식 단원으로 입단시키기는 어렵고 수습생처럼 두고 지켜보자고 하셨다. 이듬해 3월, 아들아이는 초등학교에 입학하자마자 누나와 함께 아침 연습에 참여했다. 마침 세 살 때부터 친구로 지내던 단짝이 함께하기로 했다. 두 꼬맹이는 맨 뒤에 앉아 약간씩 느린 박자로 장단을 따라 연습했다.

United States of America

위싱턴
(Washington)

오레곤
(Oregon)

아이다호
(Idaho)

네바다
(Nevada)

캘리포니아
(California)

몬타나
(Montana)

와이오밍
(Wyoming)

유타
(Utah)

아리조나
(Arizona)

노스다코타
(North Dakota)

사우스 다코타
(South Dakota)

네브래스카
(Nebraska)

콜로라도
(Colorado)

뉴맥시코
(New Mexico)

미네소타
(Minnesota)

위스콘신
(Wisconsin)

아이오와
(Iowa)

캔사스
(Kansas)

오클라호마
(Oklahoma)

텍사스
(Texas)

미시간
(Michigan)

일리노이
(Illinois)

인디애나
(Indiana)

미주리
(Missouri)

아칸소
(Arkansas)

루이지애나
(Louisiana)

오하이오
(Ohio)

켄터키
(Kentucky)

테네시
(Tennessee)

미시시피
(Mississippi)

알라배마
(Alabama)

펜실베니아
(Pennsylvania)

웨스트
버지니아
(West
Virginia)

노스
캐롤라이나
(North Carolina)

사우스
캐롤라이나
(South
Carolina)

조지아
(Georgia)

버몬트
(Vermont)

메인
(Maine)

뉴욕
(New York)

뉴햄프셔
(New Hampshire)

매사추세츠
(Massachusetts)

로드아일랜드
(Rhode Island)

코네티컷
(Connecticut)

뉴저지
(New Jersey)

델라웨어
(Delaware)

매릴랜드
(Maryland)

버지니아
(Virginia)

플로리다
(Florida)

알래스카
(Alaska)

하와이
(Hawaii)

Idaho International Dance & Music festival

　2013년 7월 6일 오전, 서울 안천 초등학교 운동장에는 연두색 단체 티를 입은 25명의 아이들과 스태프 어른 7명, 배웅나온 가족들로 북적북적했다. 완충재를 챙겨서 포장한 악기와 소품 박스가 20개도 넘었다. 공항으로 떠나는 전세버스에 짐을 싣고, 부모님과 작별인사를 하고 3주간 2013년 Idaho International Dance & Music festival에 참여하기 위해 출발했다. 이 행사는 경연하며 순위를 정하는 것이 아니라 세계 어린이들이 모여 민속 공연을 하는 국제 행사였다. 유네스코 산하의 I.O.V (국제민간문화예술교류협회)의 초청으로 2011년에도 이탈리아와 오스트리아 축제에 참여한 경험이 있어 미국 축제 공연도 기대를 품고 참여했다.

　나의 두 아이(소고를 치며 상모를 돌리는 아들과 장구를 치는 딸)를 비롯한 25명의 아이들과 교장 선생님, 담당 인솔교사 박행주 선생님, I.O.V 한국 대표 문형석 총장님, 아이들을 챙겨야 하는 스태프로 참여한 부모 4명까지 모두 32명이 공항에 모였다. 스태프 4명 중 두 분은 열두발 상모를 돌리는 태준이의 부모님이셨는데, 각종 행사나 대회 때마다 빠짐없이 참여하셔서 사진과 동영상으로 소중한 기록을 남겨주셨다. 또 한 분은 4년 전 이 행사에 먼저 참여했던 선배 단원의 아버님이셨는데, 사진 영상에 관한 일에 도움을 주시고자 함께하셨다. 무거운 악기가 많아 남자 어른의 힘이 절실하니 감사한 일이었다. 나와 태준 엄마는 25명의 엄마가 되어 아이들을 살뜰히 챙겨야 할 책임이 있었다.

　준비 기간만 1년이 넘었다. 아이들은 매일 같이 연습했다. 집중하는 아이들의 모습은 정말 예뻤다. 나도 뒤늦게 영어공부를 다시 하면서 열의를 더했다. 3주를 보내야 하니 싸야 할 짐이 많았지만, 악기를 가져가야 해서 수하물 관리도 필요했다. 아이들 대부분에게 기

내용 가방을 싸게 하고 악기가 망가지지 않도록 포장해서 이삿짐 싸듯 짐을 꾸렸다. 그 모든 과정을 학부모들이 도왔다. 조금이라도 시간을 내 거들었고, 필요할 때마다 돌아가며 부족한 일손을 채웠다. 정성 어린 후원이 없었다면 불가능했을 일이다.

2013년 7월, 현지 미국 시각 6일 오전 11시 30분. 11시간을 날아와 샌프란시스코 공항에 도착했다. 꺼 두었던 휴대전화를 켜니 부재중 전화가 엄청났다. 미국에 온 걸 아는 분들이 왜? 무슨 일로? 의아해하며 또다시 결려오는 남동생의 전화를 받았다. 무뚝뚝한 녀석이 전화 건 이유는 설명하지 않고 제 말만 하고 끊었다.

"전화 받는 거 보니 괜찮은 거네. 아시아나 안 탄 거지? 됐어! 잘하고 와~"

입국 절차를 밟으면서 보니 공항 여기저기서 화면을 통해 속보가

나오고 있었다. 상황은 이러했다. 한국에서 우리가 탄 비행기보다 5분 전에 출발한 아시아나 항공기가 착륙 도중 사고가 나 사상자가 생겨났다. 우리는 US 항공을 타고 날아왔지만, 아시아나가 아니었나 걱정하는 지인들의 문자와 전화가 한동안 계속되었다. 사실 그 국적기로 티켓팅하려다 못했던 것인데 우리에게는 행운이었다. 하지만 감사하며 안도감을 느낀 것도 잠시였다. 사고의 여파로 공항이 폐쇄되었다. 전광판에는 '환승 대기'라는 안내문이 일제히 나타났다. 이럴 수가. 개막식에 참여하려면 속히 비행기를 갈아타 3시간을 더 날아서 솔트레이크시티 공항까지 가야 했다. 난감한 상황이었다.

한국에서 가슴을 쓸어내리고 있을 사람들에게 부랴부랴 우리의 안전함을 먼저 알렸다. 그리고 기약 없는 기다림이 시작되었다. 오랜 기다림을 지루해하고 초조해하는 사람은 우리뿐이었을까? 현지인들은 사고의 불운을 피한 것에 감사하며 기다림을 쉽게 받아들이는 듯 보였다. 계속되는 연착, 지연 상황이 해결될 때까지 묵묵히 줄을 서서 몇 시간이고 기다렸다. 서두르거나 재촉하는 등 불평하는 사람들은 전혀 눈에 띄지 않았다. 문화의 차이를 느꼈다. '빨리빨리'를 전혀 모르는 사람들 같았다. 기다리다 곳곳에 자리 잡고 누워 잠을 청하는 사람들이 점차 늘어났다. 우리도 여기서 자야 하는 걸까? 걱정이 밀려왔다. 짐을 찾지 못해 갈아입을 옷도 없고 세면도구도 없었다. 먹을 음식도 짠 햄이 가득한 샌드위치가 대부분이고 그나마 가격도 너무 비쌌다. 사고 여파로 이동할 버스, 주변 숙박 시설이 모두 동이 나버린 혼란 가운데, 스태프가 모여 회의를 했다.

버스를 구해 렉스버그까지 무리하게 이동해서라도 개막식 전에 도착할 것인지, 대기해서 비행기로 가야 하는지를 결정해야 했다. 이미 오랜 비행시간과 공항에서의 대기시간, 시차 적응도 안 되고 끼니도 거른 상태라 모두가 지친 상태였다. 버스로 가는데도 16시간을 쉬지 않고 가야 한다니 얼마나 넓은 나라인지, 서울서 부산까지의 거리를 생각하며 입이 벌어졌다. 또 이틀을 여기서 머물러야 하는 것도 쉬운 일이 아니었다. 게다가 일정이 늦어지는 것도 난감한 일이었다. 회의 중에도 계속 대안을 모색하며 연락을 취하시던 문 총장님은 장거리 버스를 구하지 못하는 상황이 되어 어쩔 수 없이 2박을 해야 하는 것으로 결론지었다. 이제 어떻게 2박을 해야 할 것인지에 대해 논의해야 했다.

체류비용도 만만치 않고 무엇보다도 아이들의 안전과 건강이 염려되어 공항에서 2박을 하는 것은 무리라 생각했다. 호텔도 구하기 어려워 난감했다. 현지 행사조직위원회와 계속 협의를 하신 문 총장님을 비롯한 직원들 덕분에 버스로 40분가량 떨어진 콩코드시의 콩코드(concord crown Plaza)호텔에서 2박을 할 수 있게 되었다. 사고 이후, 12시간이 넘도록 공항에서 갇혀 기다리며 이틀 후 탑승 가능한 환승 비행기를 예약하고서야 호텔로 향하는 버스에 올랐다. 예정에 없던 체류가 시작된 것이다.

공항 곳곳에 배낭을 베개 삼아 그냥 잠을 청하는 많은 이들을 뒤로하고 운이 좋은 우리 팀은 감사하며 공항을 나설 수 있었다. 호텔로 가는 버스에 오른 시각 밤 12시. 너무나 피곤한 탓에 야경을 볼 새도 없이 잠이 들었다가 호텔에 내려서야 허기를 느끼며 배고파하는 아이들…….

식당도 배달음식도 다 영업이 끝난 시간이라 음식을 구할 방법을 찾아야 했다. 체크인하고 아이들이 방 배정을 받기 위해 로비에서 기다리고 있는 동안 태준 엄마와 나는 현지 여행사 사장님의 도움으로 24시 열려있는 마트를 찾아 컵라면과 도넛을 사 왔다. 방마다 다니며 아이들에게 나누어 먹이고서야 곤한 몸을 침대에 뉠 수 있었다. 얼마 만에 다리 쭉 뻗고 누워보는 것인지……. 계산해보니 비행 11시간, 공항 대기 12시간, 호텔로 이동해 늦은 저녁을 먹었으니 꼬박 25시간 만이었다.

장시간의 비행과 공항에서의 지루한 기다림……. 배고픔과 지친 몸을 이끌고 호텔로 들어와 '스파게티에 물 탄 것 같다(아이들 표현)'는 맛없는 컵라면과 달달한 도넛으로 요기를 한 후 갑자기 주어진 여유로 10시간 이상을 잤다. 모두가 일어났을 때는 이미 점심때가 다 되었다. 주변을 검색해보니 〈타코벨〉이라는 멕시칸 음식점이 가까이 있었고 우리는 그곳에 가서 역시나 입에 맞지 않는 타코를 시켜서 음료와 같이 먹었다. 함께 가신 교장 선생님께서 고생하는 아이들을 위해 '한턱 쏘신다.'고 기꺼이 지갑을 열어주셨고 우리는 감사하며 맛있게 먹었다. 더러는 먹기 싫어서 남기는 아이들도 꽤 있었지만 피할 수 없으면 즐겨야 한다는 것을 몸소 느끼며 먹어야 했다. 어차피 그다음 끼니도 기대할 수 없는 상황이라……. 먹지 않고서는 배고픔을 참아야만 하기에 선택의 여지가 없었다.

콩코드시에서 2박을 하는 동안 우리는 실컷 잤다. 잠이 보약이라는 말처럼 자고 쉬고 먹고……. 사실 2박이라고는 하지만 밤중에 들어가 자고 다음 날 두 끼를 먹고 그다음 날은 새벽 4시에 나와야 해서 말처럼 긴 시간은 아니었다. 하지만 충분한 휴식이 되었다.

8일 새벽 4시 기상, 짐도 없이 공항에서 나누어준 일회용 세면도구만 들고 왔던 우리는 세수만 겨우 하고 공항으로 가는 버스에 몸을 실었다. 솔트레이크시티로 가기 위해 우리가 탈 환승 비행기는 50인승인 작은 비행기였다. 32명의 좌석을 다 잡지 못해 두 팀으

로 나누어 타고 올 수밖에 없었다. 샌프란시스코에서 첫 팀이 떠나면 남은 팀이 기다리고, 솔트레이크에서는 첫 팀이 도착해서 남은 팀원이 도착할 때까지 기다리느라 또 하루를 보내야 했다. 기다림이 끝이 없었다.

1차로 먼저 출발하게 된 나는 작은 비행기에 탑승하고 나니 갑자기 답답함이 느껴지면서 공포가 밀려왔다. 지난 사고에 대한 불안감인지 폐소공포증 비슷한 그런 불안함이 밀려와 가슴이 두근거리고 숨이 잘 쉬어지지 않았다. 나는 두 눈을 감고 잠을 청하며 기도했다. 달리 방법이 없었으니까…….

기도하다가 잠이 들었나 보다. 눈을 떠보니 하늘 위를 날고 있었고 이륙하는 소리도 전혀 듣지 못하고 푹 자고 난 느낌이었다. 창밖으로 내려다보이는 넓은 땅을 바라보면서 조심스레 셔터를 눌렀다. 불안해했던 기억은 말끔히 사라지고 창밖 풍경에 답답함도 날아가 버렸다.

솔트레이크시티 도착. 렉스버그의 홈스테이 대표 식구 몇 분이 우리를 기다리고 있었다. 그분들 역시 우리와 함께 2차로 날아올 팀을 기다려야 했고, 지루할 우리를 위해 인근의 템플 스퀘어로 안내했다. 파이프 오르간이 멋진 예배당을 구경할 수 있었다. 사실 걷는 것도 힘들었는지 곳곳에 앉아 드러누워 버리는 아이들 깨우느라 애를 먹었다. 시차 때문에 더욱 그러했을 것이다. 마중 나온 호스트들도 우리 사정을 이해하고 피곤해하는 아이들을 안쓰러워하며 걱정해주어 고마웠다.

하루 두 끼를 햄버거나 샌드위치로 때우며 기다려 모든 단원이 모인 시간은 저녁 6시. 여기서도 또 렉스버그까지 자동차로 4시간 이상을 가야 했다. 저녁 먹는 시간도 아끼려 차로 이동하면서 햄버거를 먹었다. 개막 행사에 참여할 수 있기를 기대했으나 우리가 도착한 시간은 밤 11시였다. 우리는 정말 최선을 다해 달려왔지만, 개막 행사는 이미 끝난 후였다. 참여하지 못한 것이 너무 아쉬웠어도 어쩔 수 없었다.

개막식 행사가 끝난 이후 늦은 밤까지 기다려준 다른 호스트들이 우리를 맞이했다. 어둠 속에서 첫인사를 나누었다. 지체할 시간도 없이 가정마다 맡은 아이들을 태우고 떠났다. 이제 남은 사람은 담당 선생님, 교장 선생님, 문 총장님과 학부모 스태프 네 명(사진 영상을 맡은 지우 아버님 태준이 부모님 그리고 나)이다. 어른들도 두 집으로 나뉘어 이동했다. 나를 포함한 학부모 스태프는 세 딸아이를 키우는 세라 부부의 집으로 갔다.

밤이라 잘 보이진 않았지만, 단층의 아담한 집인 줄 알았는데 들어와 보니 지하가 깊어 이층집 같았다. 늦은 시간이라 간단히 이름만 소개하고 욕실과 주방, 지하에 있는 방을 안내받은 뒤 방에 들어와 짐을 풀었다. 시차 적응 문제겠지만 기다리면서 졸고 이동하는 차에서 졸아서인지, 방에 와 쉴 수 있게 되었는데 잠이 오지 않았다. 지하에 방이 4개나 되고 넓은 거실에 욕실까지……. 기후가 건조해서 그런지 지하의 습하고 퀴퀴한 냄새가 전혀 없고 보송보송한 양탄자가 방과 거실에 모두 깔려있다. 신발을 신어도 되고 벗어도 된다고

맘대로 하라기에 양말까지 벗고 맨발로 다니니 카펫이 잔디를 밟는 느낌 같아 좋았다. '먼지가 없나? 아니면 청소를 정말 깨끗이 하나? 발바닥이 별로 더러워지지 않네.'

밤 날씨는 꽤 차서 은근히 한기도 느끼고 불을 끄고 누우니 칠흑 같이 어두워 괜히 무서운 생각도 들었다. 불을 켜고 일어나 노트를 꺼내어 기억하고픈 느낌들을 적어두며 기행문을 써보기로 마음먹었다. 그 특별한 여행은 마흔을 맞이하는 나에게 새로운 시작이었다.

아이다호 폴 (Idaho falls)

우리를 위해 쌀을 준비해 밥을 지어놓은 세라가 냄비 뚜껑을 열어 보여주며 환히 웃었다. 한국에서 가져간 김과 고추장으로 과일과 같이 맛있게 아침을 먹었다. 그녀의 어린 딸에게 맨밥에 김을 싸주었는데 낯설어 머뭇거렸다. 세라가 받아 아이에게 먹였는데 맛을 본 아이의 눈이 휘둥그레졌다. 그 맛에 반해서 오물오물 얼마나 맛있게 먹었는지 모른다. 밥 먹으며 정 난다더니 즐거운 아침 식사로 금세 친해졌다.

우리가 묵었던 세라의 집은 렉스버그 시와 자동차로 30분 이상 떨어진 아이다호 폴이다. 넓은 나라여서 집들이 드문드문 보이는 것인지 몰라도 목가적인 풍경이 아름다운 곳이다. 날이 밝은 후 바라본 세라의 집은 다른 집과 비교해 규모는 다소 작은 듯했으나 정원의 잔디도 집을 둘러싼 꽃밭도, 뒤뜰의 텃밭도 잘 관리되어 있었다. 이곳은 담도 없고 도둑도 없다더니 정말 집을 비울 때도 열쇠로 잠그지 않고 나간다. 차도 열어두고 다니면서 전혀 불안하거나 걱정하는 기색이 없다. "왜 문을 잠그지 않느냐?" 여권을 집에 두고 나왔는데 괜찮은지 물었다. 안전하니 걱정하지 말란다. 이렇게 속 편히 살아도 좋을 만큼 청정지역인가? 어릴 때 할아버지 댁에서 본 것처럼 외출 시 동그란 고리를 옆으로 걸어두는 대문이 생각났다. 자물쇠를 거는 것도 아니다. 그때도 여쭤보았다. 할아버지께서는 고리가 걸려있으면 집에 사람이 아무도 없다는 의미로 나중에 다시 오라는 뜻이라고 답하셨다. 이곳도 도심이 아니라서 그런 분위기인가? 생각했지만 여권을 들고나와야 하는 건 아닌지 고민스러웠다. 함께 간 학부모들끼리 잠시 불안한 눈빛 교환을 하면서 세라의 말을 이해하고 믿기로 했다.

　홈스테이 집에서 첫 밤을 자고 난 아이들은 아침 일찍부터 잡힌 공연 일정으로 8시까지 인근 교회에 모였다. 다들 아침은 먹고 나왔으나 아직 시차 적응이 안 되어 졸린 듯 멍한 상태 같았다. 지역주민들을 위해 20분 정도의 공연을 세 차례나 하느라 진땀을 뺐다. 공연을 마친 후에는 현지 아이들에게 우리 악기를 소개하고 가르치는 시간도 있었다. 그래도 고학년은 선배로서 해외공연 경험이 있어 제법 여유롭게 잘했지만 쑥스러워 다가서지 못하는 아이들도 많았다. 억지로 끌어다 친해지도록 자리를 만들어 주었다. 말은 통하지 않아도 북 치는 모습을 조금씩 보여주고 따라 하도록 하는 방법은 가르치는 아이나 배우는 아이 모두 신기한 경험이었다. 그 어색한 분위기는 점차 나아지리라. 피로가 가시지 않은 상황에서의 강행군. 오후 시간은 자유로이 보내라 했더니 모두 다 잠을 청한 것 같다. 나도…….

　세라 부부에게는 어린 세 딸이 있는데 일정이 바빠서 별로 놀아주질 못했다. 첫째 3살 질, 둘째 2살 메리엘렌, 막내 9개월 헤나, 모두가 귀엽고 깜찍하다. 남편 매튜는 이른 새벽에 출근해서 저녁에 잠깐 볼 수 있는 정도였고 함께 사는 매튜의 형 존은 키가 엄청나게 크고 뚱뚱했는데 낯설어 그러는지 방에서 잘 나오지 않았다.

커피를 마시려고 주방에서 냄비를 찾아 물을 끓이며 커피를 마셔도 괜찮은지 조심스레 물었다. 이곳 아이다호주의 사람들은 대부분 모르몬교를 믿는 종교인이다. 그들은 철저하게 알코올과 카페인을 먹지 않는다고 들었기 때문에 우리끼리 마시는 것도 혹시 실례가 될까 싶었다. 세라는 친절했다. 그런데 이상하다. 물이 달라서일까? 눈치가 보여서일까? 한국에서 먹던 그 맛이 아니다. 맛이 없다. 커피믹스는 한국에서 가져온 것인데도 말이다.

저녁을 먹고 난 후에는 '수영장 파티' 일정이 있었다. 저녁 7시, 날 저물어 가니 수영을 하지 않을 것 같았는데 아니었다. 도착한 곳은 작은 규모의 워터파크였고, 이미 참가자들이 모여 수영을 하며 놀고 있었다. 우리는 아이들에게 미리 당부했다. 저녁이기도 하고 안전이 염려되니 수영을 하지 않기로 약속했다. 하지만 그 즐거운 놀이를, 물을 보고만 있는 게 쉽지 않았다. 저녁이라도 날이 뜨거워 충분히 수영을 즐길 수 있는 더위였다. 여벌의 옷을 준비해가지 않았어도 아이들은 입은 옷 그대로 물로 뛰어들었다. 함께 온 홈스테이 식구들과 어울려 노는 것을 보며 아이들의 친화력에 감탄했다. 이럴 줄 알았던 것인지 커다란 타올을 여러 장 준비한 홈스테이 엄마들이 우리 아이들까지 살뜰히 챙기는 것을 보니 고맙고 마음이 놓였다.

서먹하기도 하고 짧은 영어 실력으로 소통이 원활하지 못해 의사 전달이 정확히 이루어지지는 않았지만 그래도 눈을 보며 이야기하면 통하는 것 같았다. 우리가 영어를 잘하지 못하는 것을 배려해 쉬운 말로 천천히 말해주는 것을 느낄 수 있다. 해가 지는 것 같아 시간을 보니 9시가 다 되었다. 위도가 높아서 그럴까? 해지는 시간이 한국의 여름과 비교할 때 훨씬 늦다는 것이 신기했다. 노을빛도 뜨거웠던 해가 지고 파티가 끝났다. 매튜가 우릴 데리러 왔다. 집으로 돌아가는 길은 가로등도 별로 없는 시골이라 아주 캄캄했다. 넓은 평원에 불 켜 둔 집들이 드물게 보였다가 사라졌다.

　집에 돌아오니 세라와 함께 우릴 반기는 이들이 있었다. 이웃에 사는 Christensen 할아버지와 그의 아내 케이였다. 할아버지의 한국 이름이 '고천선'이라 했다. '크리스턴슨'과 발음이 비슷하게 지은 이름이라 했다. 그가 우리를 만나고 싶어 하는 데는 이유가 있었다. 그는 40년 전 한국에서 2년간 선교 활동을 한 적이 있었다. 한국을 남다르게 생각하고 살았고 단순히 한국 사람이라는 이유만으로 우리를 만나보고 싶어 했다. 우리는 금방 친해졌다. 한국에서 가져간 신라면 꺼내어 늦은 밤 온 식구를 다 불러 모아 라면파티를 시작했다.

　고천선 할아버지께서는 '이열치열'이란 고사성어를 아시고, 한글을 기억하고 읽을 줄 아셨다. 그래서 나의 서툰 영어가 어느 정도 잘 통했다. 한국에 대한 기억들……. '영등포'와 '녹번동'을 정확히 발음하셨다. 40년 전, 나도 모르는 한국의 이야기를 미국에서 듣고 있다는 게 믿기지 않을 만큼 신기했다. 내 나이가 40이라 했더니 놀라시며 자신이 많이 늙었다고 껄껄 웃으셨다. 이제 60이 좀 넘으셨을 텐데 기억력이 대단했다. 지금의 많이 변한 대한민국을 소개하며 지하철, 높은 건물을 설명하면 믿을 수 없어 하셨다. 그의 기억은 40년 전에 머물러 있을 테니 당연했다. 나에게 '실미도'를 정확히 발음하며 알고 있냐는 질문에 '영화 이야기를 하는가?' 생각했는데 이분이 한국영화를 보진 못했을 테고, 이야기를 더 듣고 보니 '실미도 사건' 그 당시 그곳에 있었다는 증언을 하셨다. 믿기지 않아 놀란 눈을 하는 나를 보시며 거듭 강조하셨다.

"거기 있었다고."

할아버지의 아이는 다섯인데 그중 한 명은 입양했고 'adoption'의 의미를 못 알아들을까 봐 친절히 설명하셨다. 한국말로 뭐라 하는지 확인하고 기억하려 애쓰셨다. 기억하는 한글을 써보고 싶어 하시는 것 같아 나의 스마트폰의 펜을 사용해 글을 쓰도록 보여드렸다. '고천선' 이름을 한글로 또박또박 적으셨다. 아내를 소개할 때는 '케이=kay=K'라고 적고 이름을 알려주면서 '부인'이라는 단어를 말씀하셨다. 이런 추억을 나누고 싶어 우리를 기다리셨나 보다. 감동이었다.

종류별로 꺼내놓은 컵라면을 보면서 또 한글을 읽고, 매운 것을 잘 못 먹는 아내에게 덜 매운 라면을 권하는 자상함을 보여주셨다. 당신은 매운맛이 좋다 하시며 신라면을 국물까지 마시는 용기를 보여주었다. 낯설어하던 매튜의 형 존도 라면파티는 함께 했는데 한 젓가락 겨우 먹더니 귀까지 빨개져서는 매워서 어찌할 바를 몰라 했다. 그래도 재미있는지 붉은 얼굴로 웃었다 찡그렸다 하며 다양한 표정을 보여주었다. 세라와 매튜는 매워도 맛있다고 했고, 존처럼 얼굴이 달아오르지는 않았다. 함께해서 즐거웠고 행복했고 고마웠다.

즐거운 시간이 마무리되어 갈 즈음 박행주 선생님께서 회의를 소집하셨다. 선생님께서 묵고 계신 집으로 세라가 데려다주었다. 돌아올 시간을 물으며 데리러 온다는 세라에게 가까운 거리고 이미 밤도 늦었으니 먼저 돌아가 쉬라고 했다. 우리는 걸어서 갈 수 있다고. 걸어갈 수 있다고 장담하신 지우 아버님께 길을 아시냐고 물었더니 모른다며 웃으셨다. '설마 농담이겠지.' 생각했다.

박행주 선생님, 김관용 교장 선생님, 문 총장님, 지우 아버님, 태준 아버님, 태준 엄마, 그리고 나 이렇게 7명이 야외 테라스에 둘러앉아 맥주 한 캔씩 마셨다. 날씨가 꽤 쌀쌀해 담요를 둘러써야 할 정도였으나 이 지역 사람들은 비록 자신들의 종교를 믿지 않는 외국인이라도 집안에서 맥주를 마시도록 허락하지 않으므로 감수해야 했다.

회의 안건은 공연 일정을 시작한 첫날의 평가였다. 무사히 행사에 참여하게 된 것에 감사한 마음을 나눴다. 앞으로의 일정을 잘 마무리 지을 수 있도록 아이들 건강과 안전을 최우선으로 놓고 여러 가지를 꼼꼼히 체크했다. 우리는 머나먼 미국을 더 멀리 돌아서 온 것 같았다. 국제 행사를 이끈 경험이 풍부하신 문 총장님의 갖가지 에피소드를 들으니 우리가 정말 주의하고 조심해야 할 것들뿐만 아니라 어떠한 상황을 만나게 될지 예상치 못한 상황들도 있음을 생각해야 했다.

회의를 마치고 돌아오는 길은 정말 '깜깜' 그 자체였다. 무서웠다. 어릴 때 이렇게 깜깜한 시골길을 걷다가 도깨비불을 본 생각도 났다. 길을 모른다며 웃으시던 아버님들이 앞장서서 가시고 따라서 걸었다. 어 진짜 모르시는 거였나? 아주 잠깐 걱정도 되었다.

휴대전화의 플래시를 켜고 군데군데 이정표를 확인하며 걷다가 올려다본 하늘. 손을 뻗으면 닿을듯하다는 것이 이럴 때 쓰는 표현이구나 싶었다. 세상에 태어나 이렇게 많은 별이 선명하게 반짝이는 것은 처음 보았다. 북두칠성이 얼마나 크게 보이던지 북극에 이토록 가까이 온 것인가 싶었고 황홀했다. 맑은 하늘에 반짝이는 수많은 별을 보면서 어디서 또 이런 하늘을 볼 수 있을까 싶어 눈을 깜박이는 순간조차 아까울 정도였다. 이런 고운 하늘을 바라보면서 살면 더욱 여유롭고 순수해질 수 있을 것만 같았다.

한식 소개 마당

　한식을 준비해 홈스테이 가족에게 대접하는 이벤트 데이. 음식을 준비할 사람은 태준 엄마와 나 둘뿐이다. 선생님과 아이들은 아프리카 후원 행사에 참여해 재활용 신발을 모아 정리하거나 담요를 만드는 일을 할 예정이다. 카메라를 담당하시는 아버님들도 후원 행사 촬영을 하실 테니 우리를 도울 손이 부족했다. 둘이서 많은 양의 음식을 저녁 시간에 맞추어 준비해야 하기에 마음이 급해졌다.

　세라가 장 보는 것을 도왔다. 마트에서 필요한 재료를 꼼꼼히 챙겨가며 확인하고 고기를 살 때도 용도에 알맞은 두께로 썰어주는지 재차 확인하면서 친절히 설명했다. 의사전달이 잘못되어 다른 재료를

사게 될까 봐 걱정할 필요가 없었다. 센스있는 세라는 우리와 말이 통하지 않으면 직접 물건을 찾아서 보여주며 천천히 설명했고 덕분에 더 쉽게 대화가 되었다. 세라에게 안겨서 함께 해 준 9개월 된 아기 헤나는 연신 다리를 흔들어 가며 방긋방긋 웃었다. 헤나의 미소와 아기 냄새는 잊히지 않는다. 말이 잘 통하지 않는 아줌마 둘과 대화하느라 얼마나 답답할까? 우리를 기꺼이 도와주기에 감사하다고 인사를 건넸다. 돌아온 세라의 대답은 자신의 즐거움이니 행복하다며 걱정하지 말라 한다. 그래도 고마운 건 고마운 거다.

한국에서 준비해 온 재료 외에 신선한 채소와 고기를 넉넉히 샀다. 세라는 우리를 마당 넓은 집에 내려주고는 못 도와주어 미안하다는 인사를 남기고 집으로 돌아갔다. 우리를 맞이한 여주인 테미는 넓은 주방과 정원을 내어주며 파티에 필요한 간이 테이블을 꺼내주었다. 영화에서 봤던 널찍하고 천정이 높은 멋진 주방이었다. 중앙에는 아일랜드식 조리대가 있었고 그 옆으로 10인 이상 거뜬히 둘러앉을 수 있을 만큼 큰 식탁이 묵직한 자태를 뽐내고 있었다. 식탁 너머로 열린 폴딩 도어 밖으로 잔디가 펼쳐졌다. 파티 인원(80명 내외)이 다 모여 달리기를 해도 좋을 만큼 넓었다. 집을 둘러싼 울타리가 없었다. 정원의 경계는 낮은 돌과 돌 사이에 핀 꽃들이었다. 주변의 들과 연결되어 있으니 먼 곳까지 닿는 시야에 막힘이 없었다.

이런 주방에서 요리를 해 볼 수 있다니. 많은 음식을 언제 다 만들까 싶었던 맘은 사라지고 신이 나서 음식을 금방 만들 수 있을 것 같았다. 테미는 풍성한 몸처럼 넉넉한 마음씨를 가졌나 보다. 아이가 많아 그릇도 크다며 맘껏 사용하라고 했다. 자신은 일하는 중이라 못 도와준다며 미안하다고 했다. 무선 헤드 마이크를 쓰고 계속 통화하는 것을 보았다. 안내 전화를 받는 일인지 상담 전화를 받는 일인지 알아들을 수가 없어 잘은 모르겠으나 쉬지 않고 통화하는 것 같았다.

테미는 일하는 중간중간에 나와서 필요한 것은 없는지 물었다. 마침 식용유가 떨어져 빈 통을 들어 보였더니 옆의 식자재 창고 문을 열고 마음껏 사용하라고 했다. 마트의 한 코너를 옮겨다 놓은 것처럼 각종 식자재가 차곡차곡 정리되어 있었다. 테미의 깔끔한 성격이 엿보였다.

"근사한 냄새가 난다."
"준비하는 것이 어려워 보인다."
"시간이 이렇게 오래 걸리냐? 음식이 기대된다."

테미가 빠르게 말을 쏟아 놓았다. 우리는 그저 웃음으로 대답했다.
주방에는 우리 말고도 그 집에서 키우는 개 여러 마리가 있었다.
바닥에 납작 엎드려 있었는데 이따금 떨어뜨리는 음식을 먹으려 그
러는가 보았더니 아니었다. 낯선 우리를 감시하려는 것인지 그냥 떡
하니 자리를 지키고 있었다. 테미가 그걸 보고는 불편하겠다면서 밖
으로 내몰았다. 그런데 검은 개 한 마리가 꿈쩍도 하지 않았다. 내가
요리하던 중 뒷걸음을 치다가 살짝 앞발을 밟기도 했고, 그랬기에
혹 화가나 나를 물지는 않을까 은근히 겁도 났다. 그런데 넉넉한 주

인을 닮았는지 밟혀도 짖지 않고 그대로 있었다. 오히려 내 발 위에 제 얼굴을 얹고 있는 걸 보고 무섭다는 생각은 사라졌다. 하지만 발치에 걸려 조심스럽기도 하고 여간 성가신 게 아니었다. 결국, 테미는 아이들을 불렀다. 그 상냥한 개는 사내아이들 둘이 뒷다리를 하나씩 붙잡아 끌어당기자 버티려고 애쓰면서도 질질 끌려나갔다. 아이들의 얼굴에 짓궂은 미소가 한가득이었다. 만화 속 한 장면 같은 그 모습이 너무 우스웠다.

태준 엄마와 둘이서 잠시 앉을 틈도 없이 여섯 시간을 꼬박 준비했다. 우리가 차려낸 음식은 비빔밥, 잡채, 불고기, 김밥, 부침개, 배추 겉절이, 그리고 수정과다. 이외에 초대받아오는 홈스테이 가족들이 또 조금씩 가져온 음식으로 샐러드, 과일, 주스, 피칸 파이, 초콜릿 쿠키, 브라우니, 등이 있었다. 접이식 테이블을 쭉 펴고 주르르 음식을 차려 놓으니 근사한 뷔페가 되었다. 음식을 둘러싸고 모여 서로 감사의 인사를 나누었다. 누군가 대표로 기도를 했고 곧이어 식사가

시작되었다. 초대받은 홈스테이 가족들이 차려 놓은 한식을 보고 재료와 맛, 만드는 법을 물었다. 음식을 담은 그릇을 들고 각자 가져온 간이 의자에 앉거나 담요 한 장을 잔디 위에 깔고 앉아 자유롭게 먹었다. 그냥 서서 먹거나 돌아다니며 먹는 모습도 제각각이다. 맛을 본 후에는 정말 훌륭하다며 맛있다는 감사 표현을 아끼지 않았다.

비빔밥은 인기가 많아 금방 바닥이 드러나기 시작했다. 나중에는 얼마 남지 않은 재료와 밥을 불고기를 담았던 냄비에 넣고 비볐다. 그것도 금세 동이 났다. 준비한 우리는 한 두 숟가락 정도밖에 먹을 수 없었으나 너무 뿌듯했다. 한국 사람들은 늘 이렇게 잘 차려 먹느냐고 물어서 매일은 아니고 가끔 특별한 날에 이렇게 준비한다고 했더니 "오늘이 자신들에게도 특별한 날 맞다"라면서 엄지를 치켜세웠다. 부담 없이, 격식도 없이 편히 음식을 준비해 와서 함께 하는 모습이 자연스럽게 보였다. 서로 모르는 이웃도 초대하고 사람을 새로 사귀는 것이 어렵지 않은 것 같았다. 거리낌 없이 즐기며 이야기

를 나누는 모습이 익숙하고 편안해 보였다.

　해가 저물기 시작하자 근사한 노을이 펼쳐졌다. 붉은 노을을 배경으로 주방에서 질질 끌려나갔던 커다란 개와 뒤엉켜 뛰노는 각국의 아이들이 보였다. 좁은 공간에서 학습지를 붙들고 있던 우리 아이들의 현실이 떠올랐다. 아이들은 이렇게 키워야 하는 건데…… 여러 가지 복잡한 생각이 머릿속에서 엉켰다. 상기된 얼굴로 신나게 웃는 아이들을 사진으로 담았다. 정원의 오래된 나무와 노을을 배경으로 홈스테이 가족별로도 사진을 찍고 단체 사진도 찍었다. 모두 서로의 가슴속에 오래도록 기억되기를 소망했으리라.

렉스버그 매디슨 하이스쿨

    오전 내내 우리는 풍물공연을 6차례 계속했다. 한차례 공연이 끝날 때마다 갖가지 우리 악기를 소개하고 관람을 온 현지 아이들에게 체험해 볼 수 있도록 가르쳐 주는 시간을 가졌다. 공연이 이루어지기에는 조금 협소한 교실이라 단원을 파트별로 나눠 번갈아 공연했다. 소극장 공연 같은 느낌일까? 관객과의 거리가 1m 떨어진 정도여서 북 장단, 장구가락이 그대로 느껴졌을 것이다. 소리가 너무 커서 귀를 막고 듣는 어린 소녀도 있었고 같이 어깨를 들썩이며 흥을 느끼는 꼬마도 있었다. 우리 단원들과 1:1로 배워보는 시간에는 서로 말은 잘 통하지 않아도 우리 장단을 알려주는 것은 어렵지 않은

듯했다. 신기해하며 배우는 어린이들과 뿌듯함으로 가르쳐주려 애쓰는 우리 단원들 모두가 아름다운 모습이었다.

저녁에는 페스티벌에 참가한 다른 여러 국가와 함께 거리 퍼레이드 공연이 있었다. 갑자기 날씨가 변하여 비가 부슬부슬 내리는 탓에 젖은 채로 걸어야 했지만 나름대로 운치가 느껴졌다. 퍼레이드 공연을 준비하던 중 뉴질랜드 원주민 복장의 공연 팀과 몇몇 우리 단원들이 장난하듯 장단을 주고받다가 즉석연주가 이루어졌는데 뉴질랜드 전통 북과 우리 장구가 전혀 어색하지 않게 제법 잘 어울리는 소리를 냈다. 신기한 경험이었다.

퍼레이드가 시작되자 나라별로 댄스와 연주를 하며 천천히 걸어서 중심 도로를 지나게 되었다. 양쪽 길가에는 사람들이 자유롭게 자리 잡고 앉거나 서서 환호와 박수를 보냈다. 각 나라의 이름을 크게 불러주며 응원하고 축제를 즐기는 모습을 볼 수 있었다. 비가 오지 않았더라면 더 좋았을까? 적당히 내리는 부슬비가 퍼레이드를 즐기기

에 별 방해되지 않았고 오히려 땡볕이 아니라 나았다는 생각이 들기도 했다. 하지만 퍼레이드가 끝나는 지점에서 멈춰 공연할 때는 젖은 땅에 상모 초리(상모 끝에 길게 달린 한지 끈)가 붙어 힘이 들었다. 초리가 휘감아 허공을 가르며 돌 때 내리는 비 때문에 예쁜 원이 시원히 그려지지 않았다. 실력 발휘가 제대로 되지 않았다. 어려운 상황에서도 꿋꿋이 해결해 나가는 아이들이 참 대견했다. 악기를 맨 채로 많이 걷기도 했고 비도 맞은 터라 몸이 무거웠다.

아주 어린 꼬마가 내게로 와 짐을 덜어주겠다며 손을 내밀었다. 내민 조그만 손이 너무 귀엽다. 괜찮다고 하자 먼저 달려가서 닫힌 문을 열어주거나 쉴 공간을 마련해 앉으라 하니…….조금이라도 도움이 되고자 묻고 살펴주는 그들의 친절과 배려는 어려서부터 몸에 밴 듯하다. 배울 점이다. 지치고 힘들어하는 것을 보며 함께 걸어주고 도와주는 홈스테이 친구들이 있어 고마웠다. 제 식구를 챙기며 악기를 대신 들어주거나 소품 가방을 받아 들었다. 무거운 큰 북을 같이

들고 나란히 걷는 모습은 정겨워 보였다.

퍼레이드를 마치고 악기와 소품을 정리하고 있을 때 갑자기 한국말이 들렸다.

"안녕하세요?"
"네~ 안녕하세요?"

익숙한 우리말로 인사하는 목소리가 반가워하고 반사적으로 응대하고 보니 한국인 부부였다. 아이다호주에 한국인이 거의 없다고 들었다. 그분들은 고국에서 왔다는 이유 하나만으로도 우리를 만나고 싶었고 찾아왔나 보다. 4년 전 〈우리두리〉 1기 아이들과 담당 선생님을 기억하고 안부를 물었다. 오랜만에 듣는 우리말이 이렇게 반가운데 그분들의 마음은 어떠할까. 반가움이 사무치는 듯 보였다. 또 우리를 자랑스러워하셨다. 일정이 어찌 되는지, 언제 한국으로 가는지, 가기 전에 공연은 또 볼 수 있는지, 짧은 시간 동안 질문과 대답이 계속 이어졌다. 다시 만날 수 없을지도 모르지만 만남은 반갑고 헤어짐은 아쉬웠다.

퍼레이드 거리는 풍물시장처럼 길가에 노점들이 늘어서고 갖가지 볼거리가 많았으나 우리 팀은 아직 어린아이들이고 비도 맞아 몸 상태도 좋지 않아 각자의 집으로 돌아가 쉬기로 했다. 이미 저녁 식사 시간이 지난 후였다. 아이들이 배가 고플 것 같았다. 이곳은 식사시간도 자유로운 모양이다. 정해진 시간에 먹는 것이 아니고 적당한 때에, 배가 고프면 또 적당한 것으로 배를 채우면 되는 것처럼 보였다. 한국에서처럼 아침, 점심, 저녁, 꼬박 시간을 지켜 먹는 것 같지가 않았다. 각자 저마다 원하는 대로 먹고 누리는 것이 당연할 텐데, 나만 오로지 내가 만든 틀에 들어가 살면서 생각도 그 틀에 가둬둔 것은 아닐까? 어쩌면 나 혼자만의 느낌일지도 모르겠다. 스스로 자유롭지 못했던 것조차 모르고 있었던 것은 아닌지 생각해 보게 되었다.

세라와 헤나

　오랜만에 누리는 여유, 예정된 오전 일정이 없어 늦잠을 잤다. 사진을 담당하시는 아버님 두 분은 날마다 거의 밤샘을 하셨다. 워낙 사진과 비디오 양이 많으니 그날그날 외장 하드로 옮겨 정리하신다. 카메라 메모리카드를 리셋해서 또 찍고, 날마다 찍은 사진이 넘쳐나기 때문에 쉴 시간도 없으신 듯하다. 잘 자고 일어나 "안녕히 주무셨어요?" 인사하는 것이 새삼 죄송스러운 아침이다. 너무 늦잠을 잤나? 매튜와 존, 질과 메리 엘렌은 유타주의 고향 집으로 떠나고 없다. 매튜는 9남매 중 여섯째라 했던가? 여자 형제가 셋이라 했다. 어젯밤 세라의 말로는 고향의 형 집에 주방을 새로 고치는 데 도우러

간다고 했다. 어린 딸 둘은 사촌을 만나기 위해 함께 가고 집에는 아기 헤나와 세라 뿐이었다.

우리 때문에 같이 못 간 것은 아닐까? 미안한 생각이 들어 함께 가야 했던 것은 아닌지 물어보았다. 세라는 환하게 웃으며 원래 자기는 자주 가는 편이 아니라 한다. 나의 느낌일지는 몰라도 세라의 표정에서 '시월드와 적당한 거리를 두는 것이 옳다'라는 분위기를 본 것 같다. 세라 쪽도 만만치 않다. 오빠가 여섯, 언니가 넷인데 자신만 빼고 다들 고향인 텍사스주에 살고 있다고 했다. 자동차로 쉬지 않고 달려도 이틀은 꼬박 가야 하는 거리라면서 자주 가지도 못해서 고향의 가족들이 그립다고 했다. 그래서 늘 전화 요금이 많이 나온다고…….그 멀리서 매튜와는 어떻게 만나게 되었는지 궁금해서 그녀의 러브 스토리를 물었다. 여기 아이다호 주립대학에 같이 다니면서 만난 도서관 커플이라고 한다. 둘 다 모범생 같은 모습이 보여서 그 말이 사실로 믿어진다고 했다. 세라는 정말 그렇게 보이냐며 웃었다.

세라가 "나는 오늘 자유다."라며 뭘 하고 싶은지 묻기에 나도 그냥 웃으며 세라가 하고 싶은 것이 무엇인지 되물었다. 잠시라도 아이를 봐줄 테니 하고 싶은 일을 하라고 언니의 마음을 표현했다. 여유롭게 이야기하면서 늦은 아침을 준비했다. 남은 밥이 있어서 누룽지를 끓여 과일과 상추를 곁들여 식탁에 둘러앉았다. 태준엄마가 한국에서 준비해온 쌈장을 찍어서 먹어본 세라는 재료가 콩인 것을 알아냈다. 어떻게 만드는지, 시간이 오래 걸리는 것인지 물으며 연신 찍어서 맛있게 먹었다. 누룽지에 섞어 먹으며 맛이 좋다고 한다. 한국요리에 관심 있어 하는 세라는 며칠 전 우리가 준비했던 부침개를 배우고 싶어 했다. 그래서 우리는 점심에 부침개를 같이 만들어 먹기로 했다. 세라는 장을 볼 때부터 재료 하나하나 메모했다. 부침개 만들 때는 노트를 꺼내어 레시피를 꼼꼼히 적었다. 그림도 그려 넣으며 열심이다. 연년생 세 딸을 키우는 엄마의 모습 속에 소녀의 모습이 보이기도 했다.

세라는 어린아이들 챙기느라 많이 피곤하고 힘이 들 텐데 손수 퀼트로 아이들의 이불을 만들고 손뜨개 가방도 떴다. 나와 취미가 같

아서 더 친근감이 들었을까? 내가 직접 뜬 티슈 커버와 수세미를 선물했더니 너무나 기뻐했다. 티슈 커버를 보더니 얼른 티슈 상자를 가져와 씌워 보여준다. 며칠 되지 않았는데 정이 많이 들었다. 한국에 돌아가면 아이들도 세라도 무척 보고 싶을 것 같다. 새벽 4시에 출근하는 매튜와는 아쉽게도 별로 친해질 시간이 없었다. 그래도 그의 선한 눈빛과 장난기 어린 표정들은 잊을 수가 없다. 정원의 작은 꽃들처럼 수수해 보이는 부부와 그들을 똑 닮은 순수한 아이들이다. 세라는 맘껏 뛰노는 아이들을 그저 지켜봐 주면서 아이들이 바라보면 눈을 맞추고 환히 웃어준다. 위험한 곳에 올라가려는 둘째 메리 엘렌을 타이르는 말투가 귀에 쏙 들어왔다.

"올라가지 마!", "하지 마!" 가 아니다. 먼저 아이 이름을 부른다. 아이가 돌아보고 엄마랑 눈을 마주할 때까지. 그리고 눈을 보며 말한다. "아래 머물러 있어~!" 라고……

뛰면 안 되는 장소에서 아이가 뛰면 또 이름을 불러 아이와 눈을 맞춘 뒤 "걸어가~!" 라고 말한다. 물론 아이들이 바로 말을 듣는 것은 아니지만 계속해서 차분히 같은 말을 눈을 보며 말했다. 조용하지만 엄숙한 가르침으로 들렸고 '뛰지 마'가 아니라 '조용히 걸어가' 구체적이며 긍정적으로 말하는 것을 알 수 있었다. 어머니로서 세라의 목소리는 부드럽지만, 카리스마를 담고 있다고 표현하면 맞을까? 우리와 대화할 때와는 또 다름을 느꼈다.

저녁에는 렉스버그 하이스쿨에서 공연이 있었다. 1·2부로 나누어 두 차례 공연하는 도중 갑자기 화재경보가 울리기 시작했다. 나는 어디서 울리는지 모르는 상황에 공연장에 있는 아이들과 떨어져 대기실을 정리하던 터라 아이들이 걱정되었다. 아이들에게 가 봐야 하는지 잠시 고민하던 중 〈모두 일시 정지〉 밖으로 나가라는 안내와 함께 모두가 밖으로 나가서 모이게 되었다. 눈으로 확인되는 화재 상황은 아니었으나 어찌 되었든 내부 상황이 정리될 때까지 밖에서 기다려야 했다. 건물 밖 잔디에 모인 각국의 공연팀이 서로 사진을 찍었다. 다들 공연 의상을 입고 있었기 때문에 특색 있고 화려했다. 환히 웃는 아이들의 얼굴은 붉게 물들어가는 하늘과 함께 더욱 아름다웠다. 얼마 후 화재경보는 중국 팀 공연 중에 사용된 연기를 경보기가 오인해 울린 것이라 했다. 시간이 많이 지체되긴 했지만, 안전을 우선으로 하는 시스템이 믿음직스러웠다.

멈췄던 공연이 이어졌다. 아이들 공연 준비와 소품 정리를 하느라 객석에 앉아 차분히 관람할 수는 없었지만, 무대 뒤에서 또는 천막 옆에서 드문드문 보는 공연만으로도 좋았다. 공연을 마친 시각은 10시가 다 되었고 이어진 댄스파티에서 흘러나오는 '강남스타일'에 맞추어 우리 아이들의 군무가 시작되었다. 흥에 겨운 아이들은 하나둘씩 줄을 맞추어 춤을 추기 시작했고 다른 나라 팀은 잠시 우리 아이들의 모습에 환호하며 보다가 '강남스타일'을 외치며 춤을 따라 추었다. 신나는 댄스파티 시간을 즐겼다. 아기 띠로 엄마 배에 매달려 같이 흔들흔들 춤추는 헤나의 입 헤 벌어졌다. 눈은 어리둥절 휘둥그레 해 보였지만 엄마와 함께 흥겨운 댄스를 즐겼다. 시끄러운 소리에 아기를 노출시키지 않을 것 같은 우리네 엄마와 달리, 아이를 안고도 충분히 그 시간을 즐기는 모습에 또 한 번 놀랐다. 나였다면 아마도 어린아이 핑계를 대며 이곳에 오지도 않았을 것이다.

행복해하고 즐거워하는 세라와 헤나가 예쁘다. 쑥스러워 나서지 못하고 둘러서서 손뼉을 치던 아이들도 흥에 겨웠다. 실력을 뽐내며 신나게 추는 아이들과 함께 함박웃음을 웃으며 함께 어우러졌다. 더욱 친해지는 계기가 된 듯하다.

렉스버그에서의 마지막 공연

홈스테이 호스트로서 우리를 위해 자동차로 공연장과 마켓, 회의 장소로 데려다주는 세라는 어린 딸들 때문에 더 바쁘다. 계속 우리와 함께 할 수 없었다. 막내 헤나를 챙겨 데리고 다니기는 했지만 질과 메리엘렌은 옆집에 맡겨 둘 때도 많았다. 우리 일정이 너무 늦어질 때는 집에서 아이들을 재워야 한다. 그런 사정 때문에 매튜가 퇴근이 늦으면 우리를 데리러 올 수 없을 때도 있었다. 그러면 다른 홈스테이 차로 같이 이동해 집으로 돌아갈 수 있었다. 그렇게 서로 도우며 배려하면서 행사에 최선을 다해주었다. 다들 자원해서 도움을 주고 있다고 들었는데 그 마음과 열정에 놀랍고 또 고마웠다.

아이들도 어린데 군식구를 집에 들여 함께 산다는 것은 1주일간이라도 쉬운 일이 아니다. 우리의 이동을 돕느라 수시로 운전하는 세라도, 카시트에 갇혀 함께 타고 다니는 아이들도 피곤할 것이다. 행사를 함께 즐길 시간도 없이 다시 집으로 돌아갔다가 또 나오고 하니 평소보다 분주했을 것이 뻔했다. 우리는 아이를 키우는 엄마로서 공감하고 안쓰러운 마음을 표현했다. 세라는 괜찮다며 밝게 웃었다.

오늘은 탬플(몰몬의 교회) 근처의 공원에서 나라별 전통시장이 열렸다. 우리는 어린이 팀이기도 하고 팔 수 있는 물건들을 준비하지 않아 그냥 편히 둘러보며 볼거리와 먹거리를 즐겼다. 달콤한 크림과 과일 쨈을 얹은 파이를 즉석에서 만드는 것을 지켜보고 사 먹었다. 점심을 준비해 가지 않아 배도 고팠지만 맛도 좋았다. 무료로 머리 스타일을 특이하게 바꿔주는 곳도 있어 아이들이 변신을 시도해 보기도 했고 나는 정교하게 만들어진 크리스탈 공예품에 정신이 팔려서 한참을 고르다가 몇 가지를 샀다. 그중 가장 맘에 드는 것은 하이힐 모양의 목걸이다.

워낙 굽이 높은 구두를 좋아해서인지 내 눈에 쏙 들어왔다. 세련되어 보이면서 생각보다 비싸지도 않아 더욱 맘에 들었다. 나를 위한 선물이다.

세라는 점심을 준비해 주지 못한 것을 미안해하며 먹거리를 사주려했다. 행사가 끝날 무렵이었다. 우리는 간단히 피자를 사 집에 가서 먹자고 제안했다. 가는 길에 커다란 수박도 사 먹자고…. 우리가

계산하려고 했으나 세라가 빨랐다. 가는 길에 벌써 마트에 피자를 주문해 두었고 피자를 찾으며 수박도 덜렁 들고 나온다. 받아 들어 보니 꽤 무겁다. '세라는 깡말랐어도 보기보다 힘이 세구나, 이렇게 무거운 수박인데 아주 가벼운 듯 들고 오다니⋯⋯.'

피자와 수박으로 늦은 점심을 먹었다. 주방 벽에 걸린 시계의 바늘이 오후 5시를 향하고 있었다. 여기선 정말 하루 세끼를 꼬박 챙겨먹는다는 게 이상할 정도다. 챙겨 먹더라도 시간이 제각각이다. 이제 7시 마지막 공연을 하고 돌아오면 아마도 11시는 넘을 것 같다. 어제도 늦게 들어왔다. 늦은 밤 주방을 사용하는 게 눈치가 보일 뿐 아니라 몹시 피곤했다. 곧 잠이 들 것 같아 뭘 먹기도 부담스러웠으므로 시장기만 가시는 정도로 과일이나 약간의 빵으로 간단히 때웠었다. 약간 배고픈 상태가 속은 편안한 것 같아 그편이 나았다. 핑계 삼아 다이어트 하지뭐⋯.

저녁 7시 공연을 준비하기 위해 서둘러 렉스버그로 또 이동했다.

며칠 동안 인근을 돌아다녀서 그런지 제법 방향 감각도 생기고 지리도 익힌 것 같다. 돌아 올때도 어디로 갈지 길이 보이고 이정표가 낯설지가 않다.

렉스버그 하이스쿨의 공연자 대기실. 속속 도착하는 아이들 순서대로 일단 무대 화장을 시작했다. 무대에서 돋보이게 하려고 좀 과하다 싶을 정도로 진하게 했다. 아이들은 짙은 화장이 어색해 이상하다며 자꾸 거울을 들여다보았다. 어색해도 사진은 확실히 잘 나오는 것 같다.

이곳에서의 마지막 공연이라 아이들에게 당부해 본다. 긴장하지 말고 연습한 대로 잘 맞추어 보자고. 그러나 아이들은 여전히 소품을 흘리고 한두 가지씩 챙겨오지 못해 공연 준비에 차질이 생겼다. 이미 챙겨온 것들조차 준비과정에서 분실되어 찾아다니기 일쑤이고 정신이 하나도 없다. 대체할 수 있는 것들을 다시 챙겨보고 준비시키느라 항상 맘이 조마조마했지만 일단 무대에 오르면 이 녀석들 참

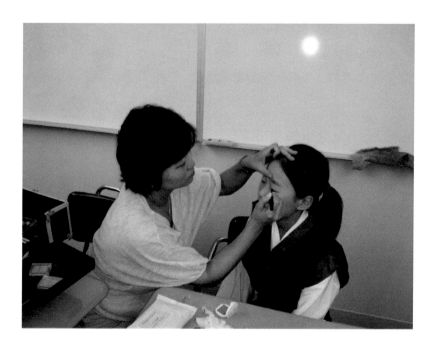

멋있다. 실수하기도 하고 공연 중에 북채나 장구채가 부러지기도 한다. 그러면 여분의 채를 가지고 올라간 아이들이 얼른 제 것을 넘겨주는 순발력도 있다. 갖가지 소품이 갑자기 망가져 난감할 때도 있었지만 그래도 적절한 대안을 찾아 해결했다.

관객의 환호와 박수 소리를 들으면 우리 아이들이 참 대견하고 자랑스럽다. 같은 공연을 한다 해도 할 때마다 다르다는 것을 느낀다. 공연하면서 배운 여러 가지 경험은 또 우리 아이들을 한껏 키울 것이다. 끊임없는 인내로 연습을 하고 또 무대에 올라 자신 있게 공연을 하고 잘 해내고 얻는 자신감과 뿌듯함은 앞으로 아이들이 살아가면서 겪게 될 삶의 에너지로, 용기로 나타날 것이다.

Yellow stone

렉스버그에서의 공연 일정은 잘 마쳤다. 내일이면 벌리(Burley)로 이동해야 한다. 예전에는 페스티벌에 참가한 나라가 모두 옐로스톤을 관광하는 것이 축제 일정에 있었으나 작년에 추락사고가 있어 폐지되었다고 했다. 여기까지 와서 옐로스톤에 가보지 못한다는 것은 너무 아쉬운 일이라 문 총장님과 박행주 선생님께서 갈 방법을 모색하신 모양이다. 감사하게도 우리 팀만 오늘 옐로스톤에 갈 수 있게 되었다. 공식적인 일정이 아니라 개인적으로 이동하는 것이라서 홈스테이 식구들 도움을 받았다. 홈스테이 가정 중 이용 가능한 차량을 섭외했다. 승합차(7~12인승) 6대에 나누어 타고 함께 이동하기로 했다. 각자 점심을 챙겨 약속된 차량이 대기하고 있는 장소로 모였다. 해는 벌써 떠서 환한 아침이었지만 시각은 새벽 6시를 가리켰다. 이른 약속 시각을 지키려다 보니 아침을 못 먹고 나온 아이들도 꽤 있었으나 돌아올 때까지 먼 거리를 달려야 해서 일단 출발하였다.

나는 지우 아버님과 재키가 운전하는 7인승 자줏빛 밴에 타게 되었다. 재키는 4년 전에도 우리 풍물팀의 홈 패밀리를 했었던 유일한 분이었고 함께 탄 지우 아버님의 딸 지우의 홈스테이 엄마였다. 그래서 지우 아버님을 기억하시고 반가워하시더니 힘든 일정일 것을 알면서도 자청해서 운전을 맡아 주셨고 6대의 차량을 안내하는 선발대가 되었다.

재키는 인디언 마을 잭슨 홀에서 자랐다. 미국인들이 죽기 전에 꼭 가보고 싶어 한다는 옐로스톤에 200번은 와 봤다며 자랑했다. 그렇게 자주 와도 너무 아름답다고 했다. 또 자신의 동양적인 외모는 일본인 어머니를 닮아서라고 설명했다. 인디언 마을에서 자라서인지 일본인 느낌은 전혀 없고 매력적인 인디언 느낌이 더하다. 재키는 이곳의 다른 가족들과는 달리 자녀가 많지 않고 14살 된 딸 하나뿐이다. 이유는 남편이 아이를 갖지 못해 입양했다며 입양한 딸은 멕시코인과 미국인 사이의 혼혈아라고 했다. 자신도 혼혈이고 딸도 혼혈이라며 얼굴이 닮지 않은 이유를 말해주었다. 미국은 입양 사실을 숨기지 않는다고 들어 알았지만 거리낌 없이 묻지도 않은 가족사를 술술 얘기 해주어 적잖이 놀랐다. '사실을 사실대로 편히 얘기하는

구나. 혹시 내 얼굴에서 궁금해하는 것이 느껴졌을까?' 재키는 사람을 참 좋아하고 편하게 해주는 재주가 있었다. 몇 번 만나지 않았지만 난 이미 재키의 매력에 푹 빠져있었나 보다. 몇 살인지는 실례가 될까 봐서 묻지 않았지만, 나이와 상관없이 친구로 남고 싶었다. 한국에 돌아가서도 계속 메일을 주고받으며 오래도록 좋은 친구로 남을 수 있다면 참 좋겠다는 생각이 들었던 첫 미국인이다.

재키가 설명하기를 옐로스톤은 겨울에 오면 더 좋고, 몬태나 주로 들어간다는 이정표를 가리키며 자신은 몬태나를 너무 사랑한다고 했다. 자연이 너무 아름다운 곳이라면서…….

옐로스톤은 몬태나, 와이오밍, 아이다호 세 개 주 경계를 점령하고 있는 거대한 자연 국립공원이다. 국립공원 쪽으로 이동하면 할수록 하늘로 곧게 뻗은 키 큰 나무들이 빽빽이 늘어선 것을 볼 수 있었다. 오래전 보았던 영화가 떠올랐다. 〈흐르는 강물처럼〉과 〈가을의 전설〉 두 영화가 다 미국 격변기의 가족사를 다룬 내용도 좋았지만,

자연 배경이 너무나 아름다운 영화였고, '혹시 이곳이 그 촬영지가 아니었을까?' 생각했다. 역시 두 영화 모두 몬태나 주가 배경이었다. 영화로 봤던 인상적인 곳을 직접 내 눈에 담을 수 있다는 것은 정말로 가슴 뛰는 일이다. 맑고 파란 하늘 아래로 반짝이는 강물을 보면서 영화 속 플라잉 낚시장면이 떠올랐다. 실제로는 대부분 낚시 금지 지역으로 되어있고 지정된 일부 지역에서만 즐길 수 있다.

한가로이 거니는 사슴 무스가 보이고 엘크도 보았다. 동물들에게 피해가 가지 않도록 자연 그대로 보존되었고 난개발된 흔적은 전혀 없었다. 크지 않은 도로를 자동차들이 조용히 다니며 동물들의 삶에 방해가 되지 않으면서 자연을 그대로 느끼면 되는 것이다. 동물원 속에 갇혀있는 동물들이 떠올랐고 너무나 가엾음을 새삼 느끼는 순간이었다.

서슴없이 도로 위로 올라와 다가오는 버팔로. 재키를 비롯해 가까이 지나는 운전자들은 버팔로가 놀랄까 봐서 서서히 가던 중에도 잠

시 시동을 끄고 멈추었다. 조용히 지나가도록 기다려준 다음 또다시 서서히 미끄러지듯 출발하기 시작했다. 전혀 두려워하지 않는 동물들…. 자신을 해치지 않을 거라는 믿음이 전해져서 그럴 것이다. 가까이 다가와도 먹이를 주지 않는 것이 원칙이며 인간이 만든 음식 쓰레기도 남겨두지 않아야 한다. 그렇게 함으로써 동물 본연의 야생성을 방해하지 않는 것이다. 적당한 거리까지만 다가가서 사진을 찍는 정도. 동물들도 그만큼은 허락한 듯 편안한 포즈를 취하고 사진기 셔터 소리를 참아주는 듯했다. 자유와 평화. 나는 옐로스톤에 담겨 있는 보물을 보았다.

국립공원 주차장에 주차한 후 숲에 준비된 벤치에 앉아 준비해 온 과일과 빵 음료를 테이블에 차려 놓고 이른 점심을 먹었다. 점심을 먹는 장소로 준비된 곳인 듯했다. 자연의 부러진 나무들을 이용한 테이블과 벤치였고 쓰레기를 버리는 쓰레기통도 인상적인 것이 동물들이 뒤질 수 없는 구조로 되어있었다. 특이한 디자인이나 소재가 아니어서 무엇 하나 대자연에 녹아들지 않은 것이 없었다. 간헐천을 둘러 볼 때는 혹시 아이들이 장난을 치다가 위험한 상황에 놓이지 않을까 걱정이 되어 여러 차례 주의를 주었다. 온도가 높은 곳의 온천은 화상의 염려가 있으니 정해진 길이 아니면 가서는 안 되며 함부로 만지거나 하지 않도록 조심시켰다.

곳곳에서 하얗게 피어오르는 수증기와 이따금 솟구쳐 오르는 온천을 보며 삶은 달걀을 먹고 싶도록 유혹하는 유황 냄새를 맡을 수 있었다. 온천이 고이는 곳마다 색도 여러 가지여서 남태평양의 맑은 바다 빛을 연상시키는 곳은 오히려 시원해 보이기까지 했다. '진짜 온도가 높을까?' 의심이 들었다. 그곳에 뛰어드는 무모한 젊은이들이 있어서 가끔 뉴스에 난다는 안내를 들으니 그럴 만도 하겠다고 생각했다.

'노란 바위' 옐로스톤은 미네랄이 많은 풍부한 유황 온천수가 석회암층은 흘러내리며 바위표면을 노랗게 변하게 하여 붙여진 인디언식 이름이라 했다. 제대로 다 보려면 4일에서 7일까지 소요된다고 하니 얼마나 넓다는 것인지……

그 넓은 곳을 하루에 둘러보는 것은 불가능한 일이다. 아쉬웠다. 하지만 아름다운 폭포를 눈에 담을 수 있었고 시원한 물소리를 귀에 담을 수 있었다. 손에 닿을 듯한 무지개도 가슴에 품을 수 있었다. 우리를 위해 이곳에 함께 와준 홈 패밀리들에게 너무나 감사했다.

초록의 땅을 실컷 누비며 한참을 달려 나오니 이제는 넓은 바다가 보이는 듯했다. 내륙지역이라 바다가 없을 텐데…. 하며 재키를 돌아보니 와이오밍주의 북미대륙에서 가장 큰 옐로스톤 호수라 설명했다. 이렇게 바다처럼 어마어마한데 호수라니. 그 깊이도 멀리 보이는 산만큼이나 깊을 듯했다. 내 머릿속 작은 세상이 더 작게 느껴졌다. 잔잔히 반짝이는 호수 빛이 내 머릿속의 숨은 공간을 찾아내 훤히 비춰 조금씩 넓혀주는 것 같은 치유의 시간이기도 했다.

재키는 새벽부터 계속 운전을 했기 때문에 무척 피곤할 텐데 참 씩씩하다. 옆자리에 앉은 나는 감겨오는 눈꺼풀을 감당 못 해 깜빡 졸다가 미안한 마음에 화들짝 놀라 깨었다. 재키가 좀 더 자라면서 웃는다. 뒷좌석을 돌아보니 다들 지쳐서 잠에 빠져들었다. 창밖 배경에 감탄하다가도 어찌나 넓은지 가도 가도 한참 동안 같은 풍경이 보이고 스르르 잠이 오기도 했다. 종일 운전하며 더 많은 것을 보여주고 설명해주려는 재키에게 많이 미안했다. 옆에서 자면 재키도 졸릴 것 같아 정신을 가다듬고 서툰 영어지만 자꾸 대화하려고 애를 썼다. 재키는 비틀스를 듣고 자랐고 여전히 딸과 비틀스를 듣는다며 음악을 틀어준다. 비틀스를 좋아하냐고 물어서 〈예스터데이〉, 〈헤이쥬드〉 같은 너무나 유명한 곡들을 나뿐만 아니라 한국 사람들도 많이 좋아한다고 얘기해 주었다. 한국인이 가장 좋아하는 올드 팝송이 〈예스터데이〉라는 조사 기록이 있다고도 말해주었다.

우리는 옐로스톤 호숫가를 따라 계속해서 남쪽으로 내려왔다. 어둑해 질 무렵에서야 그랜드 티톤 내셔널 파크를 지나 작은 인디언 마을 잭슨 홀에 도착했다. 재키는 붉은 벽돌의 커다란 건물을 가리키며 자신이 다닌 고등학교라고 즐거워했고 군데군데 인접한 산비탈의 조형물들을 가리키며 겨울이면 스키를 타러 많은 사람이 다녀가는 리조트라고 했다. 스키를 잘 타느냐고 물었더니 어릴 때는 많

이 탔는데 어른이 되면서부터는 잘 타지 않는다면서 뚱뚱한 자신의 모습을 의식하는 제스처를 보이며 웃는다.

　잭슨 홀은 관광객을 위해 조성되어 볼거리가 많았다. 죽은 엘크의 뿔로 만든 아치형의 문은 공원 출입구의 상징물로 유명했다. 희고 멋진 말이 끄는 관광용 역마차가 경쾌한 발굽 소리를 내며 거리를 다니고 카우보이 복장의 보안관이 신호등 있는 건널목을 건너는 모습은 아이러니해 보여도 멋스럽게 어울리는 마을이다. 여기에 오면 말고기 버거를 먹어봐야 한다는데 우리가 도착한 시각이 너무 늦어서 영업시간이 끝나간다고 팔지 않았다. 10분 전인데……. 우리네 같으면 하나라도 더 팔려고 금방 만들어 줄 텐데……. 참 야박하다. 안 그래도 점심으로 빵과 과일을 먹은 것이 전부라 몹시 허기졌다. 하는 수없이 저녁은 돌아가서 먹기로 했다. 벌써 시간이 9시, 돌아가면 11시는 될 터이고 또 밤에 저녁을 먹어야 하는 상황이다. 이젠 뭐 익숙해서 잘 참을 수 있다.

돌아가는 차에 오르니 재키가 과자와 비스킷을 나누어 주어 허기진 배를 진정시킬 수 있었다. 마을을 빠져나가 돌아가는 길은 너무나 어두웠고 가로등 하나 없는 길을 운전해 가는 재키가 걱정스러웠다. 무전기(데이터를 사용할 수 없는 지역이 많아 휴대전화 대신 무전기를 쓴다고 했다)로 서로 위치를 파악하고 소통하던 4대의 운전자들이 갑자기 심각해졌다. 재키의 설명은 선생님께서 타고 계신 차의 타이어가 펑크가 나서 수리를 하고 있단다. 다른 차들은 먼저 가라는 것이다. 이 어두운 밤 시골길에서 타이어에 펑크가 나다니…….

우리나라에서처럼 어디든 바로 달려오는 보험 서비스를 기대할 수 없었다. 수리가 가능할지도 알 수 없어 걱정되었다. 숲에 있던 동물들이 갑자기 차로 뛰어들어 발생하는 사고가 잦은 곳인 데다 그 잔해들이 종종 도로에 방치돼 있어 2차 사고를 유발했다. 스페어타이어로 교체하느라 애를 먹었고 시간도 너무 오래 걸렸다. 그 차에 타고 계셨던 교장 선생님께서는 예정된 일이 있어 몇 시간 뒤 한국행 비행기를 타셔야 했다. 솔트레이크 공항까지 제시간에 갈 수 없을지도 모르니 얼마나 마음을 졸이셨을까?

교장 선생님은 렉스버그로 돌아온 후 곧장 솔트레이크 공항으로 출발하셨다. 운전해준 행사 진행 대표 도나가 마지막까지 애를 써줘서 무사히 귀국하실 수 있었다. 온종일 운전하고도 밤새 왕복 8시간가량 솔트레이크 공항까지 다녀왔다. 그녀는 우리가 떠나는 것을 배웅하겠다고 잠 한숨 못 자고 또 이별의 장소에 나타났다. 강철 체력이다. 체력도 체력이지만 그 정신력이 대단하다. 맡은 일에 최선을 다하는 모습과 그 마음 씀이 남달랐다.

안녕~! 렉스버그

　헤어짐을 위한 자리에서도 끝까지 챙겨주며 아쉬운 눈물을 보이는 홈 패밀리들. 다시 만날 날이 있을까? 아마도 못 만날 것이다. 서로의 삶의 터전이 지구 반 바퀴만큼이나 멀리 있기에 이곳에서의 이별이 마지막이기 쉽다. 서로 안아주며 가는 길 축복해주는 눈에는 아쉬움의 눈물이 섞여 있다. 재키는 벌써 얼마나 많이 울었는지 눈시울이 벌겋다. 연신 눈물을 훔치며 인사하는 재키와 눈이 마주친 순간 나의 시야도 흐려져 뿌옇게 보였다. 많이 그리울 것이라고 잊지 않겠노라고 꼭 편지하겠노라고 약속을 했다.

　'모두 안녕…. 건강하길…. 정말 감사했습니다.'

아쉬움을 고스란히 안고 버스에 올랐다. 버스에는 벌써 이스라엘 공연팀이 뒤쪽에 타고 있어 조금 놀랐다. 우리가 작별인사하는 동안 버스 안에서 기다려줬다. 렉스버그의 행사를 끝으로 고국으로 돌아간 공연팀도 있지만, 우리처럼 이스라엘 팀도 벌리 행사에 참여하기 위해 함께 이동했다. 성인 무용단 팀이라 어린 우리 아이들을 귀여워했다. 우리는 남쪽으로 2시간 반 정도를 달려 내려갔는데 한참을 달려도 같은 감자밭과 밀밭이 넓게 펼쳐져 있었다. 또 달리는 버스 앞쪽으로 커다란 먹구름이 나타났다. 그 아래로 주룩주룩 물줄기가 그대로 보였다. 우리 버스가 그사이를 통과하니 자동세차장 통과하듯 어둠을 지나 다시 맑은 하늘을 만나고 버스 뒤로는 빗줄기가 점점 멀어져갔다. 산이 없는 넓은 평원이라 비 오는 풍경이 다른가 싶었다. 어릴 때 보았던 〈톰과 제리〉만화에서 톰만 따라다니며 비를 뿌리는 것처럼 뚜렷한 구름 밑으로만 뿌리는 빗줄기다. 기이한 풍경이었다.

버스가 쉬지 않고 달려가는 동안 이스라엘 공연 팀의 감독님과 이야기를 나눌 수 있었다. 술, 담배, 커피를 금지하는 렉스버그의 답답함을 호소하는 이스라엘 감독님은 70세의 할머니다. 얼마나 열정적인 마인드를 가지고 계시는지 자신은 죽을 때까지 이렇게 각국을 돌아다니며 공연하는 게 꿈이라 했다. 또 한국의 남북한 분단 상황을 물었다. "전혀 왕래할 수 없는 거냐?", "전화나 편지도 할 수 없느냐?"며 정말 끔찍한 일이라 했다. 남북한 인구를 물어보며 비교하더니 한판 붙지 그러냐며 호전적이다. 여자도 군대에 간다는 이스라엘이라 그런가 싶게 호탕했다.

씩씩한 할머니 감독님은 자신의 삼성 폴더 휴대전화를 보여주며 자랑하다가 나의 스마트폰을 보더니 반색을 하며 얼마나 비싼지 묻는다. IT 강국 대한민국의 위상이 보인다. 어린아이들도 쉽게 들고 다닐 정도로 넘쳐나는 고가의 스마트폰……. 개인적인 의견이지만 어린이들의 휴대전화 소유를 금지하는 법이 우리나라에도 생기길 바라면서도 그 대단함을 인정할 수 밖에 없었다.

이야기를 나누느라 지루할 사이도 없이 도착한 곳은 벌리(Burley) 하이스쿨. 떠나온 렉스버그가 목가적인 풍경이 나타나는 마을이었다면 벌리는 보다 도회적이다. 높은 건물들이 많은 도시와 비교한다면 오히려 전원마을 풍경이라 하겠지만 낮은 이층집이나 단층집들이 각기 정원을 끼고 주르르 늘어서 있는 마을의 모습이 깔끔하고 아름다웠다.

벌리 하이스쿨의 교실 하나를 차지하고 홈스테이 식구들을 기다렸다. 교실에는 행사조직위원회에서 제공하는 점심이 미리 준비되어 있었다. 샌드위치와 채소, 과자, 건과일, 등 여러 가지가 누런 종이봉투에 1인분씩 담겨 있었다. 아이들은 '또 샌드위치?' 하는 표정이었으나 별말 없이 하나씩 받아들고 먹었다. 간혹 싫어하는 것은 서로 바꾸거나 남는 것이 있으면 부족한 아이들에게 나누어 주기도 하고 비상식량 챙기듯 잘 싸서 가방에 넣기도 했다. 살아남는 법을 스스로 터득해 가는 과정일 것이라는 생각이 들었다. 별것 아닌 작은 것이라도 소중한 체험으로 녹아들었다.

밥이 그립고 김치가 그리운 것은 어쩌면 아이들보다 어른들이 더했던 것 같다. 아이들 앞에서 내색할 수는 없었지만, 한국 음식을 만드는 날에 김치를 더 많이 해서 좀 남겨두고 먹자는 계획을 나누고 있으니 말이다. 점심을 먹으며 선생님께서는 새로운 일정과 계획을 브리핑하셨다. 렉스버그에서의 평가와 반성을 나누며 새로이 시작될 생활에 주의와 당부가 이어졌다. 그러나 아이들은 잔소리처럼 듣는 것 같았고 건성으로 대답하거나 아예 대답조차 하지 않아 선생님의 한숨을 자아냈다. 여전히 피곤한 것도 있었지만, 아직은 어려서 너무 꽉 짜인 일정을 소화하기가 버겁고 마냥 놀고 싶고 장난이 좋은 어린아이들이기도 했다. 그래도 무대에 오르면 어린아이들 같지 않은 프로의 모습을 보여주니 멋있고 신기해서 반하고 만다. 어디서 그런 카리스마가 생기는지 관객을 압도하는 마력이 있다.

새로운 홈스테이 가족과 함께 각자의 새로운 집으로 흩어져 짐을 풀고 저녁 식사는 모두가 한집에 모여서 뷔페로 먹고 워터 슬라이드를 탈 것이라는 일정을 전달받았다. 이번엔 태준엄마와 둘만 짝이 되어 힐러리 렘시의 집으로 가게 되었다. 간단히 짐만 내려놓고 힐러리의 식구들과 함께 워터슬라이드 장으로 갔다.

　워터 슬라이드 장은 개인 사유지에 한시적으로 만들어 즐기는 놀이터였다. 언덕 위의 아름다운 집에서 저녁을 먹고 이웃들과 함께 미끄럼을 탔다. 잘 미끄러지라고 비누 거품까지 섞어 물을 흘려보내도록 설치된 것이 규모가 대단했다. 신나게 놀기는 하겠지만 '저 비누 거품들로 땅이 오염되지 않을까? 이래도 되나?' 하는 찝찝함을 지울 수는 없었다.

Just say 'thank you~!'

　워터 슬라이드 파티장에서 박행주 선생님께 전달받은 사항이 있었다. 바로 내일 한국 음식을 소개하는 파티를 열게 되었으니 필요한 장을 봐두면 좋겠다는 것이었다. 태준 엄마와 나는 집으로 돌아가는 차에서 힐러리에게 마트에 들러주기를 부탁했다.

　힐러리의 남편, 마이크가 운전했는데 우리 사정을 듣고는 일단 집에 돌아가서 아이들을 내려준 후 마트로 데려가 주겠다고 했다. 마이크와 힐러리 사이에는 아들 조슈아(5살)와 딸 록시(2살), 라이사(3개월)가 있었다. 우리도 장 보는 동안 아이들이 차에서 기다리게 하는 것보다 그편이 훨씬 마음 편할 것 같았다. 더구나 장을 본 후 제나(한국팀 담당 스태프)의 집으로 가서 회의를 하기로 했기 때문에 그것도 부탁해야 했다.

　힐러리는 아이들과 집에 남고 장 보는 것은 마이크가 도와주었다. 메뉴는 렉스버그에서 준비한 것과 동일하다. 다만 전에 양이 부족해서 아쉬웠던 것을 떠올리며 이번엔 좀 더 넉넉히 만들기로 했다. 김치도 좀 많이 해서 남으면 며칠 두고 먹어도 된다. 아이들이 좋아했던 불고기는 맵지 않아 현지인들에게 인기가 많았다. 잡채는 한국에서 사 온 당면이 남은 정도에 맞게 부재료를 준비했다. 김밥에 단무지가 없어서 제맛이 나지 않았던 것을 생각하며 이번엔 오이피클을 대신 넣어보기로 했다. 인기가 많았던 비빔밥도 채소를 더 넉넉히 준비해서 렉스버그에서 몇 숟가락 맛보지 못했던 아쉬움을 달래고 싶었다.

　장을 다 보고 값을 치를 때 마이크가 지갑을 열었다. 우리는 완강히 사양의 뜻을 밝히며 우리의 몫이라고 말했다. 마이크는 단호하게 계산해 주겠다며 카드를 제시해 버렸다. 많이 미안한 마음에 "Sorry~!" 하고 말을 하니 환히 웃으며 " No, just say thank you."

라고 한다. 얼른 "thank you so much."라고 답했다. 나중에 문 총장님 말씀이 성의를 너무 거절해도 예의가 아니라고 하시며 당신도 감사의 인사를 전하겠다고 하셨다. 민폐를 끼친 것 같아 정말 미안했다. 200달러가 넘는 돈인데……. 이렇게 될 것이라고는 상상조차 하지 않았기 때문에 너무 욕심내어 잔뜩 장만한 것이 더 미안했다.

시간이 너무 지체되었다. 제나의 집으로 바로 가야 했다. 마이크에게 잔뜩 장을 보아 온 것들을 냉장고에 넣어 두는 것까지 부탁했다. 이번엔 힐러리가 우리를 위해 운전대를 잡았다. 마이크는 아이들을 재우려는 모양이다. 회의가 끝날 때까지 힐러리를 기다리게 할 수가 없어서 먼저 가라고 했다. 렉스버그에서처럼 걸어갈 만큼의 거리였다. 힐러리가 다시 오겠다는 걸 제나의 아버지께서 에스코트해 주실 것을 약속하며 말렸다.

힐러리의 가족은 '날씬', '늘씬'한데 제나의 가족은 정말 넉넉한 몸을 가졌다. 16세 제나도 내 몸의 두 배는 될 정도이고 엄마 에이미는 세배쯤? 제나의 아버지도 그 중간 정도이고 남동생은 제나와 비슷한 정도의 몸집이다. 그들이 자신의 가족을 소개하면서 뚱뚱한 가족이라고 한다. 달콤한 것들을 많이 먹어서 살이 자꾸 찐다며 전에는 몸무게가 더 많이 나갔는데 많이 빠진 거라며 더 뚱뚱했던 사진을 보여준다.

사진 속에는 아들이 하나 더 있었다. 몰몬의 미션수행으로 외국에 나가 있어 그리워했다. 제나의 아버지는 자신이 미션수행으로 한국을 다녀간 이야기를 했다. 태백에도 있었고 부산에도 있었다고 그 시절 이야기를 들려주었다. 사진첩을 넘기며 다른 사진도 보여주었는데 옛날 영화에 등장하는 70년대 풍경 속에 '태백'이라는 한글 간판이 눈에 띄었다. 배경을 보아하니 정말 강원도 태백의 옛 모습 같았다. 나의 놀란 눈을 이해한다는 얼굴로 제나의 아버지가 웃었다. 제나는 아빠에게 들었던 한국이 너무 궁금했고, 그래서 일부러 한국팀의 안내를 맡은 것이라고 얘기했다. 나에게 한국에서 하는 일이 무엇이냐고 묻기에, 가정주부이며, 아이들에게 피아노를 가르치는 선생님이라고 말했더니 갑자기 피아노 연주를 청했다. 조금 당황스러웠지만 제나가 먼저 노래를 불러보겠다며 시간을 주었다. 제나의 엄마가 피아노에 앉고 제나가 레미제라블의 ost 곡을 부르기 시작했다.

피아노 소리와 노랫소리에 이끌려 정원에 있던 이들이 다 거실로 몰려들었다. 제나의 아름다운 목소리를 시작으로 작은 음악회가 열렸다. 그리고 내 차례가 돌아왔다. '외우고 있는 곡이 뭐가 있었나?' 고민스럽고 쑥스러웠다. 그리 어렵지 않은 곡으로 리처드 클레이더만의 '사랑의 크리스티나'를 연주했다. 한 곡 더 요청을 받아 '어메이징 그레이스'를 연주했다. 이번에 박행주 선생님께서 나서셨다. 소금을 꺼내 오셔서 우리 고유의 아름다운 가락을 연주하셨다. 서로에게 박수와 응원을 보냈고 덕분에 금세 친해졌다. 갑작스레 더욱 멋스러워진 밤이었다.

그러고 보니 제나의 아버지는 로버트 할리 씨를 많이 닮았다. 로버트 할리 씨가 아주 뚱뚱해지면 정말 똑같을 것 같은 느낌이다. 문총장님께서 한국에서 유명한 할리 씨를 소개하며 혹시 알고 있느냐고 물으니 아쉽게도 모른다고 했고 그 사람과 닮았다고 하니 할리 씨가 매우 잘생겼느냐고 되물으며 멋진 표정을 과하게 연출해서 모두의 웃음을 자아냈다.

제나의 아빠는 잘생긴 미남임은 물론 유머러스한 입담으로 분위기 메이커다. 장난기가 어린 얼굴에 싱글벙글 웃음이 가득하다. 커다란 나무가 중심에 자리하는 아담한 정원에서 화기애애한 분위기 속에 벌리에서의 일정을 꼼꼼히 체크했다. 일정 내내 우리를 도와줄 제나에게 잘 부탁한다는 말과 변동사항이 있으면 신속히 전달해 달라고 부탁했다. 제나와 동생이 늦은 시간이고 피곤해서 자러 간다며 양해를 구했다. 온화하고 인자한 얼굴로 변한 제나의 아버지는 사랑스런 딸을 안아주고 잘 자라는 인사를 했다. 자녀들도 마찬가지로 서로 눈을 맞추며 인사를 하고 들어갔다. 아버지의 인자함 속에 묻어나는 카리스마도 보였고 더불어 부모에 대한 존경심이 드러나는 자녀의 눈빛도 느껴졌다. 사랑과 정이 넘치는 엄마 에이미를 비롯해 화목하고 행복한 가족의 모습에서 저절로 평온함이 전해졌다.

다음날은 오전에 아이다호의 대표적인 휴양지인 선 밸리(Sun

Valley)에서 야외 공연이 있고 오후에는 특별한 스케줄이 없어서 각자 홈스테이 식구들과 시간을 보내고 저녁에 다 같이 모여서 함께 식사를 하기로 했다. 물론 그 식사는 우리가 준비해서 대접하는 것이고 이번엔 도와주실 분들이 많아 전보다 수월할 것 같아 마음의 부담이 줄었다.

우리가 힐러리의 집으로 돌아왔을 때는 12시가 되어가는 늦은 시간이라 고요했다. 어린애들을 재우고 우리를 기다린 힐러리는 피곤한 모습으로 하품을 했다. 부끄러운 듯 웃으며 내일 아침으로 뭘 먹고 싶은지를 물었다. 우리가 알아서 밥을 지어 먹을 테니 늦잠을 자라고 했다. 어린아이들 키우는 엄마들이 잠 모자라는 것을 모르는 것도 아니고 너무 피곤해 보이기도 했다. 막내 라이사는 겨우 3개월 된 아기라 출산한 지 백일도 되지 않은 것이 염려되기도 했다. 얼른 들어가 자라고 떠밀고는 우리도 씻고 잠자리에 누워 수다를 떨다가 누가 먼저랄 것도 없이 잠이 들었다.

K – Food

"언니, 깨우지 왜 혼자 해요~?"
"잘 잤어? 밥만 했어. 내가 일찍 깬 거지 더 자도 되는데 뭘."

늦잠을 잤나 싶어 눈을 떴을 때 태준 엄마는 벌써 주방에서 밥을 짓고 있었다. 좀 더 자라고 배려해주는 언니 마음을 알기에 정말 고맙고 미안했다. 항상 주위 사람을 편안하고 유쾌하게 해주는 언니는 소탈하고 선하다. 우리는 서둘러 준비를 했고 간단히 아침을 먹은 뒤 힐러리의 도움으로 벌리 하이스쿨로 모였다. 마이크는 다른 팀을 인솔하느라 우리보다 먼저 학교에 도착해 있었고 주차장에서 아침

인사를 했다. 부부가 모두 행사에 열정을 쏟았다.

벌리에서 하룻밤을 보내고 모인 첫날, 역시나 아침을 못 먹고 모인 단원들이 꽤 있었다. 늦잠을 자거나 식사할 시간이 없어 샌드위치를 싸 오기도 했다. 그래도 이제는 제법 익숙한가 보다. 벌리 하이스쿨 바로 옆에 있는 〈킹 파인 아트 센터〉의 공연무대에 올라 연습을 시작했다.

다른 나라 팀과 다 함께 모여서 함께 준비하는 개막식, 폐막식 연습이다. 단체 공연 안무 담당의 지시에 따라 하나하나 배워가며 함께 연습하였다. 언제 집에 다녀왔는지 힐러리가 막내 라이사를 안고 무대 앞에서 참가국 전원이 함께하는 안무 연습을 돕고 있었다. 힐러리가 안무팀이었던가 보다. 나는 얼른 힐러리에게 다가가 잠이든 라이사를 받아 안고 관객석 뒤쪽으로 나왔다. 힐러리를 돕고 싶었고 마침 나에게 다른 일이 없었으므로 가능했다.

잠든 아이를 조심스레 안고 앉아 있으니 아이들이 다가온다. 모두

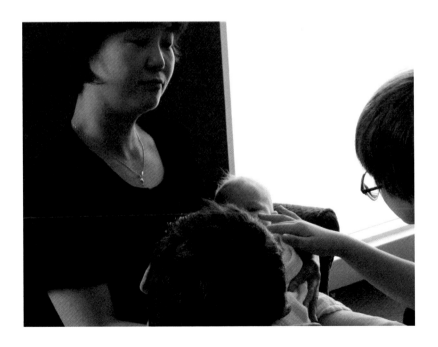

를 잠든 아기가 깰까 봐 소곤거리며 살며시 아기 손등에 손가락을 대어보고는 너무나 귀여운 모습에 취해 버렸다.

"애들아, 너희들도 아기 때는 다 이렇게 예쁘고 귀여웠을 거야!"
"그랬을까요? 기억이 안 나요."

그렇지. 어떻게 기억하겠어. 사진을 보고도 잘 모를 수도 있겠지. 기억이 나지 않는다는 말 또한 천진스러워 웃음이 났다. 나와 아이들은 조심스레 웃으며 곤히 자는 라이사의 모습에서 눈을 뗄 수가 없었다. 저만치 무대 위에서 분주히 움직이시는 지우 아버님이 보였다. 나라별로 무리를 지어 따로 또는 함께 안무연습하는 순간순간을 카메라에 담고 계셨다. 우리를 발견하시고 다가오셨다. 잠든 아기를 둘러싸고 있는 아이들을 또 찰칵찰칵 연신 셔터를 눌러 주셨다.
단체 안무에 참여하지 않는 단원들은 다음 공연 의상과 소품을 챙

기고 자유롭게 개인 연습을 했다. 나의 아들 아이가 버나 돌리는 연습을 하고 있는데 곁으로 휠체어 한 대가 미끄러져 왔다. 나이 지긋하신 어머니가 스무 살 전후쯤 되어 보이는 청년을 데리고 온 것이다. 모습을 보니 뇌성마비를 앓고 있는 듯했다. 버나 연습을 신기하게 바라보고 있었다. 그것을 본 아들 아이는 조용히 다가가서 가까이 볼 수 있게 배려하고 여러 가지 다른 개인기를 다양하게 보여주었다. 누가 시키지도 않았는데 어색해하거나 피하지 않고 차분하게 행동했다. 쑥스러워하면서도 더 많이 보여주고 싶었던 모양이다. 휠체어에 앉은 청년은 몸이 자유롭지 못해 손뼉을 잘 칠 수 없었지만, 뒤에 계신 어머니는 감사해하시며 열렬한 박수를 보내주셨다. 나도 아들에게 박수를 보냈다.

개막공연 연습을 마친 후 준비된 소규모 홀에서 세 차례 공연이 시간별로 이루어졌다. 공연을 마치고 우리 전통악기를 자유롭게 배워 보는 시간으로 이어졌다. 이 시간을 위해 장구, 북 모양의 열쇠고리를 서울의 인사동에서 구매해 많이 준비해갔다. 관람을 마치고 악기를 체험한 어린이들에게 선물로 주었다. 너무나 기뻐하면서 가지고 온 수첩을 내놓으며 우리 아이들에게 사인을 부탁하는 것이다. 어색하게 이름을 써 준 우리 아이들이 사인을 미리 연습해 오지 않은 것을 후회할 정도였다. 수첩에 삐뚤빼뚤 적어준 한글이 멋있고 예쁘다고 엄지를 치켜세운다. 세종대왕께서 기뻐하실 일이다.

오전 9시부터 시작된 아트센터 일정을 뒤로하고 공연복을 입은 채 마을 중심의 공원으로 이동했다. 잔디밭에서의 판굿 공연을 하고 준비된 점심을 그곳에서 먹었다. 누런 봉투에 담긴 도시락은 이제 익숙했다. 내용물은 매번 조금씩 다르게 들어있었지만, 샌드위치와 과일, 과자, 물까지 비슷했다. 일찍부터 여러 차례 공연했기 때문에 지치기도 했고 또 배도 고팠던지 아이들이 맛있게 먹었다. 더러는 여전히 입에 맞지 않아 찡그리는 아이도 있었다.

"아, 밥하고 김치 먹고 싶다."
"얘들아, 오늘 저녁에 렉스버그에서 했던 것처럼 한국 음식 많이 장만해서 파티할 거야."

"정말요? 아줌마 이번엔 비빔밥 더 많이 해주세요. 불고기도요."

"그래, 더 많이 할 테니 이따가 많이 먹어."

"네~!, "

기뻐하는 아이들 보니 웃음이 난다. 역시 한국 사람은 밥에 김치가 최고인가보다. 집에 돌아가면 엄마한테 먹고 싶은 거 다 해달라고 하겠다면서 서로 먹고 싶은 것을 얘기하느라 신이 났다. 집 떠난 지 열흘, 서서히 집 생각이 날 때도 되었다.

"얘들아, 벌써 집에 가고 싶어진 거야?"

"네~. 그렇게 많이는 아니지만. 그래도 좀⋯⋯."

"엄마가 보고 싶기는 한데 한국 가면 학원 다녀야 해서 가기 싫어요."

"헐, 난 집에 가기 싫은데."

"어? 넌 여기서 계속 살고 싶어?"

"아뇨, 재미있을 줄만 알았는데 너무 힘들어서 싫어요. 그런데 집에 가는 건 더 싫어요."

"왜? 부모님은 너 보고 싶어 하시던데⋯⋯. 너희 부모님들과 함께하는 단체 톡에 여기서 찍은 사진을 안부 인사처럼 매일 조금씩 올리거든. 네 엄마가 사진에 너 안 보인다고 잘 지내는지 궁금해하셨어. 걱정도 되시겠지."

"짜증 나요. 그래서 일부러 카메라 피해 다녀요. 다 필요 없고 전 그냥 저 혼자 살았으면 좋겠어요."

"그런 생각 들 때가 있지. 그렇지만 가족이 늘 함께할 수 있어서 그런 생각도 드는 거 아닐까?"

"집에 가도 뭐 혼자 있기는 마찬가지예요. 엄마 아빠는 늦게 들어와서 잔소리만 하니까 싫어요."

몰랐다. 사춘기를 심하게 앓고 있는 것과는 좀 다르게 이 아이의 마음에는 분노가 잔뜩 들어있는 것 같다. 중학교 1학년인 이 녀석은 초등학교 때 함께 풍물 활동을 했고 중학교 풍물 동아리로 이어 활동하면서 이번 미국행에 동행하게 된 아이다. 그렇게 함께 온 중학생이 나의 딸을 포함해 5명이다. 중학생들이라 후배들을 더 잘 챙겨주어서 아이들 인솔하기가 쉬우리라 생각했는데 이 녀석은 그동안도 유독 여러 가지 문제를 만들었다. 홈스테이 가족이 주는 음식을 거의 먹지 않고 굶었다는 말도 들렸고 동생들을 때려 얼굴에 상처를 내서 당혹스럽게도 했다. 공연복과 소품을 제대로 챙기지 않아 잃어버리거나 대체할 것을 찾느라 진땀을 빼게 한 적이 한두 번이 아니다. 솔직하게 속마음을 털어놓는 녀석을 보면서 어쩌면 이 아이는 말할 상대가 필요했고 '관심받고 싶었던 것은 아닐까?' 하는 생각이 들었다. 몇 번 대화를 나눈 후에는 이 녀석이 나에게 좀 누그러진 맘으로 대하는 것 같았다. 어떤 때는 녀석이 이유 없이 동생들을 때리고 안 그런 척 시치미를 떼고 있는 것을 보였다. 곁으로 다가가 웃으며 조용히 타일렀다.

"난 다 봤어. 얼른 사과해. 네가 그러면 쟤는 얼마나 괴롭겠어? 그러지 않았으면 좋겠다."
"어, 들켰네."
"나한테 지금 관심 가져 달라고 그러는 거지? 알았어. 나 계속 너만 볼 거야."
"에이, 안 그럴게요. 안 그러면 되잖아요."

녀석이 웃는다. 그리고 정말 더 많이 저를 바라보는 나와 눈이 마주치면 과격한 행동을 하려다 말고 멈췄다. 밥은 잘 챙겨 먹었는지 소품은 잘 챙겼는지 물어보는 나의 관심이 싫은 눈치가 아니다. 부모님 잔소리가 싫다더니 거짓말인가보다 오히려 잔소리가 그리웠나? 청개구리 심보가 가득한 사춘기니까 그럴 것도 같다.
예정대로 오후에는 각각의 홈스테이 가족끼리 자유롭게 보내기 위해 흩어져 집으로 돌아갔다. 몇몇 가족은 함께 볼링장을 간다고도 했고, 대형 마트에 장을 보러 간다는 가족도 있었고, 집으로 돌아가 엄청나게 많은 게임을 하겠다는 아이들도 있었다. 집 지하에 커다란 모니터 게임기가 여러 대 있기도 하고 당구 테이블이 있다고도 했다.

어떻든지 다들 자유시간이다. 태준 엄마와 나는 힐러리의 아름다운 주방을 차지하고 주어진 자유시간 내에 저녁에 있을 파티 음식을 만들었다. 힐러리가 음식 만드는 것을 돕겠다고 팔을 걷어붙이고 덤볐다. 짧은 영어로 요리법을 설명하는 게 더 어려웠다. 잡채에 넣을 참기름이 부족하다고 했더니 아마도 친정엄마는 갖고 계실 것이라며 말릴 새도 없이 차를 몰고 나갔다. 10분쯤 뒤 작은 참기름병을 들고 힐러리가 등장해서 깜짝 놀랐다. 그리 멀지 않은 곳에 사셔서 차로 가면 금방이란다. 그리고 바로 옆집은 언니가 사는데 지금은 유럽으로 가족 여행을 떠나서 빈집이라고 굳이 다 이야기해준다. 친정 가족들 이야기, 여행 다닌 이야기 등을 나누며 계속해서 음식을 만들었고 힐러리는 음식을 만드는 데 걸리는 시간이 너무나 오래 걸리는 것을 이해하기 어려워했다. 말 그대로 너무나 오~래 걸린다고 했다.

박행주 선생님께서 능숙한 솜씨로 김밥을 싸셨다. 이곳에서도 단무지는 구하지 못해 대안으로 오이 피클을 넣었다. 그조차 넣지 않은 김밥보다는 훨씬 나았으나, 단무지 없는 것이 이렇게 아쉬워질 줄 몰랐다. 비빔밥의 채소도 더 많이 썰었고, 밥도 넉넉히 더했다. 외국인들은 매운맛을 힘들어 할 수도 있기에 비빔 고추장에는 물엿과 물을 약간 섞어서 달고 묽게 양념장을 만들었다. 잡채는 한국에서 사 온 당면이 없었다면 만들 수 없었을 것이다. 어떤 면도 당면을 대신할 수 없을 테니까. 이곳에서 당면을 구하기 힘들다는 정보를 선배 학부모에게 들어서 구입해 온 것이다. 신선한 채소와 버섯, 그리고 소고기를 양념해서 볶아 넣으니 제맛을 낼 수 있었다. 더구나 힐러리가 가져다준 참기름까지 넣었으니 그 고소한 향이 주방 가득 퍼졌다.

당면 외에도 현지에서 구할 수 없을 것 같은 재료들은 떠나오기 전에 챙겼어도 타지에서 먹는 한국 음식이니 기대했던 맛에 못 미쳤다. 조금씩이라도 현지 재료가 섞여 고유한 맛을 낼 수 없는 것이 당연했다. 하지만 그리운 맛이었기에 모두 감지덕지라 생각했다. 비슷한 맛을 내려는 의지와 노력으로 가능한 한 최선의 맛을 끌어냈다. 우리가 차려 놓은 불고기, 비빔밥, 잡채, 부침개, 김치, 약과와 이웃들이 과일 샐러드, 푸딩, 초콜릿 케이크, 스무디, 시원한 음료들을 준비해 와서 테이블에 주르르 늘어놓으니 푸짐했다.

　모두가 자유롭게 줄을 서서 차려진 음식들을 양껏 담았다. 준비된 테이블이 부족하면 잔디에 그냥 앉거나, 가지고 온 접이식 의자에 앉아 음식을 먹었다. 그리고 꼭 다가와서 엄지를 치켜세우고는 준비해 준 노고에 대한 감사의 표현을 해주었다. 세 살 꼬마 아이가 다가와 환히 웃으며 날 올려다보기에 몸을 낮춰 앉아 눈높이를 맞추니 "Thank you!" 라며 수줍게 말한다. 손을 내밀어 악수를 청하고 이름을 물으니 캐서린이라고 했다. 아이 엄마는 '어디 있을까?' 둘러보았다. 짧은 눈인사를 하고는 제 엄마에게로 돌아가는 모습을 좇으니 아이가 달려가다 콩 하고 넘어졌다. 다가가 일으켜 주려다 멈췄다. 아이의 시선이 닿은 곳에서 엄마가 바라보고만 있는 것이 눈에

들어왔기 때문이다. 멈칫 일으켜 주려는 동작을 멈춘 대신에 괜찮은 지를 물었다. 아이는 무릎을 툭툭 털고는 일어나 안타까운 얼굴로 엄마에게 안긴다. 꼭 안아주면서 엄마가 괜찮다며 미소 짓는다. 사람 사는 모습이 각기 다른 듯해도 또 많이 닮았다.

어느 정도 식사를 한 후 넓은 잔디에 둘러서서 몇 가지 게임을 했다. 수건돌리기 하듯 넓은 원을 그리고 두 사람씩 손을 잡고 선다. 한사람이 술래를 피해 커다란 원 안팎으로 돌다가 손잡고 있는 커플 중 한 명과 자리를 바꾼다. 술래에게 잡히지 않으려면 남은 한 명은 다시 뛰어 도망쳐야 하고 술래에게 잡히면 술래가 바뀌는 것이다. 아들 녀석이 짝이 없어서 게임이 하고 싶은데 못 한다며 울상이 되어 다가왔다.

"엄마 짝이 있어야 한 대"

"친구들이나 형한테 하자고 해"

"구경하는 게 재미있다고 안 하겠대."

"그럼 누나는?"

"짝지어서 벌써 하고 있어. 나도 하고 싶은데 누구랑 해? "

"그래? 엄마가 짝 해줄게. 그런데 엄마 신발이 굽 있는 샌들이라 잘 못 뛸 텐데……."

아들과 짝이 되어 게임을 시작했다. 술래를 피해 커플이 자꾸 바뀌었다. 어느덧 아들의 짝이 바뀌고 내가 술래를 피해야 뛰어야 했다. 안 잡히려니 열심히 안 뛸 수가 없다. 커플이 계속 바뀔 때마다 잘 모르는 사람과 손을 잡고 있어야 했다. 덕분에 금세 친해지는 것 같았다. 어른, 아이 다 함께 섞여서 하면 당연히 어린 술래가 너무 고생한다. 그러면 일부러 잡혀주고 술래가 되는 배려를 보이기도 했다. 큰소리로 웃고 뛰다가 샌들 한쪽 끈이 끊어져 버린 줄도 몰랐다. 해가 저물어 가면서 푸른 초원과 맞닿은 하늘이 붉게 물들고 있었고 아름다운 노을을 배경으로 아이들과 함께 홈스테이 가족별로 사진 촬영을 했다. 다 같이 뒷정리를 하고 각자의 집으로 헤어져 돌아왔을 때가 밤 10시였다. 해가 긴 탓도 있었지만, 너무 즐거워 시간 가는 줄 몰랐다.

아이다호 트윈 폴스

아이다호 트윈 폴스

오전 8시 30분. 전날과 마찬가지로 토요일 저녁에 있을 갈라 공연을 위해 무대에서 팀별 연습을 했다. 단체 연습은 물론, 나라 별로 공연 시간을 체크해 가며 연습했다. 힐러리도 미국 현지 댄스팀의 일원으로 연습에 참여해야 하고 고만고만하게 어린 세 아기를 챙겨야 하는 것이 너무 바빠 보였다. 늘 먹는 일이 문제였다. 아침에 집을 나설 때 점심 도시락을 준비해주겠다는 힐러리에게 우리는 어른들이니 알아서 해결하겠다고 전했다. 아침에 지은 밥과 엊저녁 파티 때 남은 김치, 소금만 넣은 계란말이, 조미김을 통에 나누어 담았다. 그것만으로도 우리의 도시락은 훌륭했다. 아이들은 토스트나 샌드위치를 도시락으로 받아 왔으니 밥에 김치는 부러운 식사였을 것이다. 어제 한식 파티 때 배불리 먹었다고 해도 밥이 또 먹고 싶고 그 맛을 그리워했다.

"아줌마 밥 한 번 만 주시면 안 돼요? "
"도시락 안 가져왔어?"
"가져왔는데 빵이에요."
"그거 먹어, 너만 줄 수가 없잖아. 미안해."

다른 어른 스텝들이 같이 드시도록 조금 넉넉히 싸 오긴 했지만, 아이들에게까지 한술씩 돌아가기는 부족했다. 그러나 아이들 눈빛이 목에 걸려서 밥이 넘어가지 않았다. 결국, 김에 밥 한 숟가락을 싸서 주변에 있는 아이들 입에 넣어주었다.

밥이 담긴 그릇이 금세 바닥을 드러냈고 그것을 본 아이들이 미안했던지 자신들의 샌드위치를 나누어 내민다. 힘든 일을 조금씩 참는 법, 나눔과 배려, 이런 것이 자연스럽게 아이들에게 스며들었다. 단체 활동을 통해 아이들이 많이 성장했다는 것을 새삼 느꼈다. 물론 여전히 이기심을 놓지 못해 부딪쳐 마찰을 일으키는 아이들도 있고, 나쁜 짓을 빨리 배우기도 한다. 그러나 그런 문제들을 해결하는 과정에서 또 깨닫고 배우며 좋은 방향으로 변화하게 된다고 나는 믿는다.

　점심을 먹은 후 한 시간 정도 차로 이동하여 아이다호의 대표적 휴양지인 트윈 폴스(Twin falls)로 갔다. 스네이크강이 감돌아간 도시로 곳곳에 폭포가 많고 더불어 폭포에 걸쳐있는 아름다운 무지개도 실컷 볼 수 있는 곳이다.

　스네이크강을 건너는 거대한 철교(원명: The I.B. Perrine Bridge)는 길이가 457m, 높이는 수면에서 대략 150m 정도라 한다. 매우 높고 규모가 광대해 베이스점프(다리에서 그냥 뛰어내려 낙하산을 펴는 것이 공식적으로 허가됨)를 하기 좋은 곳으로 손꼽히는 세계적인 장소다. 우리는 트윈 폴스의 관문인 다리에 도착해 자연이 만들어 낸 거대한 계곡과 싹둑 썰어놓은 것 같은 수직 절벽을 바라보았다.

행사 주최 측에서 우리에게 모처럼 보기 어려운 광경을 보여주겠
다며 패러글라이딩하는 분들을 섭외했다. 장비를 착용하는 것부터
시작하여 꼼꼼하게 안전 점검하는 것을 보여준 후 그들은 다리 중앙
의 낙하지점으로 이동했다. 우리는 뷰포인트로 이동해 멋진 광경을
지켜볼 준비를 했다. 거대한 다리 위로 낙하산을 멘 세 사람이 아주
작게 보였다. 남자 두 명 여자 한 명이 차례로 뛰어내리고 화려한 색
의 낙하산이 펼쳐질 때는 탄성이 저절로 흘러나왔다. 넓은 초록빛
강 위를 유유히 날다가 강둑에 사뿐히 내려앉는 모습을 보았다. 한
청년은 바람의 방향 탓인지 강물 위로 내려앉아 수영해서 나와야 했
다. 가슴이 조마조마했다. 밝은 태양 아래 빛나는 물빛, 곱고 우거져
있는 식물들, 기이한 모습의 절벽들을 낙하하면서 내려다본다면 또
어떤 느낌일까. 강 아래쪽으로는 코요테 같은 야생 짐승들로 있어서
위험하기도 하고 길을 잃을 수도 있다고.

　뷰 포인트에서 사진을 찍다가 난간 아래쪽을 살짝 내려다보았을

때는 그 높이에 압도되어 현기증이 날 정도였다. 저절로 뒷걸음질을 치다 문득 든 생각이 혹시 겁 없는 우리 아이들이 장난하지 않을까 싶어서 신경이 곤두섰다. 난간에 기대거나 매달려서 아래를 내려다보는 아이들을 하나하나 불러가며 조심하라는 잔소리가 저절로 나왔다.

무지개가 드리워진 트윈 폭포 옆으로는 잔디가 펼쳐져 있었다. 너른 평지에서 우리 풍물단이 판굿 공연을 하기로 예정되어 있었다. 관람객은 많지 않았지만 〈Times〉 신문사에서 나와 공연하는 모습을 촬영했다. 기자분이 내게 다가와 아이들 이름을 아느냐며 자신의 카메라에 담은 사진을 보여줬다. 클로즈업된 몇몇 단원의 이름을 물어오기에 기자에게 알려주었다. 사진 속 아이들의 표정이 범상치 않았다. 기자분이라 그런지 아이들의 갖가지 표정을 놓치지 않았나 보다.

다음날 지역 신문에 멋진 사진과 함께 기사가 실렸다. 멋진 풍경과 삼색 띠를 매고 공연하는 풍물단이 너무나 잘 어울렸고 아름다웠다. 아들 얼굴이 정면으로 나왔으니 한턱내라 하기에 자세히 보니, 아들 얼굴이 정말 잘 나왔다. '고놈 참 잘생겼네' 운이 좋았다. 전날 기자가 나에게 이름을 물으며 사진을 보여줄 때는 없었던 사진이었다. 아들 사진이 타임즈 신문에 실리다니. 입꼬리가 자꾸 귀에 올라붙는걸 잡아 내리느라 힘들었다.

TIMES-NEWS

Dance Festival

Continued from the front page

before he learned that the musicians were safe.

Both flights were from South Korea and had arrival times in close proximity.

The Korean group's team guide, Jenna Young, of Burley, said it was probably most difficult for the adults who dealt with the children for three days before they were able to get a plane out of San Francisco.

Young's job includes making many trips to the store to make sure the performers have what they need, along getting more than two dozen children and the adult chaperones transported to the various venues.

"It's stressful, but it's been awesome," Young said.

Mon said the chance to travel to another country and learn about the culture is a real treat for the child musicians, who are "pushed hard" to excel in public schools.

(RIGHT) South Korean students perform Wednesday at Shoshone Falls in Twin Falls.

(BELOW) Guatemalan dancers entertain children Thursday during the Youth Culture Day at Burley High School.

Thousand Springs Festival Moving to New Location

BY JULIE WOOTTON
jwootton@magicvalley.com

HAGERMAN • The popular Thousand Springs Festival of the Arts will move this year because of structural problems with a Ritter Island bridge.

The event — a fundraiser for the Southern Idaho Land Trust — will be at Malad Gorge on Sept. 28-29.

"It was obviously a difficult turn of events," said Rich Carlson, executive director of the land trust. "We're having to scramble because we've been doing this festival at Ritter Island for 20 years."

The move will be a big change for artists and festival-goers, Carlson said, but Malad Gorge is a good alternative.

"There's lots of shade there and beautiful lawns," he said. Plus there's plenty of parking and easy access via Interstate 84.

Organizers are working with the Idaho Department of Parks and Recreation to get more power at the festival's new site.

Carlson said he hopes this year's location is temporary and the event returns to Ritter Island eventually.

107

오빠 강남스타일~

　오전 일정은 특별한 것이 없었다. 현지 유소년들을 위해 공연을 하고 문화체험의 시간을 보냈다. 우리나라 전통악기를 체험하는 현지 아이들에게 방법을 설명하고 시범을 보이거나 놀이체험으로 제기차기, 팽이 돌리기 등을 함께 했다. 박행주 선생님께서 우리 풍물단이 대한민국의 문화사절단 노릇을 하는 것이니 자부심을 느끼고 바르게 행동하라고 아이들에게 당부하셨다.

　점심식사 후에는 루퍼트 광장에서 판굿 공연을 하고 퍼레이드로 이동했다. 잔디공원에 앉아 아이스크림을 먹고 휴식을 취하던 중에 흘러나오는 '강남스타일'. 낯익은 멜로디가 어디서 흘러나오는지 두리번거렸다. 둠칫거리며 노래에 맞춰 아이들이 춤을 추기 시작했다. 쑥스러워하던 아이들까지도 흥에 겨워 놀이하듯 추기 시작했다. 잘 추는 아이가 나서서 자리를 잡고 말춤을 추기 시작하자 주변의 현지 사람들도 함께 추면서 댄스 파티장이 되었다. 너나 할 것 없이 모두 '강남스타일'의 노랫말을 정확히 외쳤으니 한류의 영향을 몸소 느낄 수 있었다. 뉴스에서 해외토픽으로 접하던 기사를 확인한 셈이다.

　아이들은 선글라스까지 쓰고 싸이 흉내를 내며 더욱 신이 났다. 행사 진행에 도움을 주기 위해 나라별로 담당하고 있는 현지 자원봉사자들은 대부분이 고등학생이었다. 그 청춘들의 댄스 실력은 입을 다물지 못할 만큼 대단했다.

　우리나라 담당을 맡은 스카일러가 아이들에게 한국어를 배워가며 친근하게 대해주었는데 한번은 '줄소'가 무슨 뜻이냐고 나에게 물었다. 줄소? 언제 그 말을 쓰는 것을 들었냐고 되물었더니 박행주 선생님을 가리켰다. 선생님께서는 아이들 인원 체크를 하시며 조별로 줄을 세우고 계셨다.

"애들아, 줄서. 줄. 줄서."

물론 아이들이 바로바로 말을 듣지 않으니 날마다 반복해서 했던 말이었다. 우리말의 의미를 묻는 스카일러의 행동이 귀여웠고 웃음도 났다. 내가 아이들이 늘어선 줄을 가리키며 "Line up!"이라고 설명해 주었다. 크게 고개를 끄덕였다. 그 후로는 이동하거나 인원파악을 해야 할 때마다 스카일러의 "줄소." 하는 목소리가 들렸다. 금발 청년의 목소리로 듣는 우리말이 썩 듣기 좋았다.

마이크와 힐러리

오전에 이른 일정이 없어 늦잠을 자고 일어났다. 세수하는데 물줄기가 점점 가늘어지더니 이내 끊어졌다. 다행히 비눗기를 다 헹구고 난 후였다. 상황은 이러했다. 힐러리의 친정아버지가 오셔서 딸의 정원을 손질해 주시던 중 트랙터로 수도관을 들이받으셨다. 정원에서 난데없이 분수가 생겨났다는데 안타깝게도 그 순간을 목격하지는 못했다. 그 상황을 전하는 힐러리는 우스워죽겠다는 얼굴이었다. 이곳에도 딸바보 아빠가 계시고 사랑받는 딸이 웃고 있었다. 아빠가 수도는 고칠 줄 모르니 수리가 되려면 시간이 걸릴 거란다. 혹시 샤워할 거면 옆집 언니네를 이용해도 된다고⋯⋯. 굳이 사양했다.

정오에 라이온스 클럽에서 공연했다. 지역의 저명인사들 모임에 초대되어 공연한 후 점심을 대접받았다. 이제 아이들은 공연 시간을 늘렸다 줄였다 융통성 있게 장단을 편집해서 공연할 줄 알았다. 물론 박행주 선생님의 지도가 없으면 불가능했다.

"얘들아, 이번에는 10분 이내로 줄여야 하니까, 장구 다음에 북, 버나 바로 들어가라."

선생님의 지시에 따라 아이들이 또 서로 눈을 맞추며 사인을 주고받는다. 그만큼 연습도 되었고, 공연을 여러 번 하다 보니 경험치가 쌓여 노하우가 생겼으리라. 공연할 때는 프로 공연자로, 공연이 끝나면 어리바리 초딩, 정신없는 중딩으로 재빠르게 돌아온다. 스위치를 켜고 끄듯 변하는 모습이 매우 신기하다.

오후에는 폐막식 갈라 공연 연습을 하느라 킹 파인 아트 센터에서 시간을 보냈다. 연습을 마치고 우리는 샌드위치로 저녁을 먹었는데 홈스테이 가족별로 일정이 나뉘어 흩어졌다. 우리 아이들을 2~3명씩 맡은 홈스테이 가정에는 비슷한 또래의 아이들이 서넛씩 있었다. 7~8명의 아이를 챙겨야 하는 호스트들은 정신없을 것이 뻔했다. 함께 생활하는 현지 아이들은 저녁에 픽업하러 같이 따라와서 먼저 반기고 같이 놀 궁리를 하느라 쉴새 없이 떠들었다. 우리 아이들도 미국인 엄마를 "Mom"이라고 부르며 따랐다. 'Mom'들이 아이들을 자신들에게 맡기고 '엄마'를 하루 쉬라고 해서 웃었다. 미국에 온 이후, 아이들과 한집에 있을 수 없으니 낮에만 30명의 엄마로 살고 저녁에는 퇴근했다. 새로운 경험에 생각이 많아지는 것이 나쁘지 않았다. 더 많이 느끼고 배우길 바랐다.

우리를 데리러 온 마이크가 집으로 돌아가는 길에 자신의 사무실을 구경시켜주었다. 정확히 어떤 일을 하는지 짧은 영어로 자세히 알아들을 수 없었지만, 광고 에이전시라는 것은 알 수 있었다. 사무실이 마이크의 이미지와 닮아 매우 깔끔했다.

커다란 사슴(Moose-사슴과에서 가장 큰 동물.) 머리가 박제되어 있었는데 마이크의 할아버지가 사냥으로 잡은 것이라며 자랑했다. 그 사슴의 흉상만 따로 보면 디즈니 만화에나, 서부 영화 속에 등장할 것 같은 모습이지만 현대적인 인테리어에 역사를 품은 채로 묘하게 또 어울렸다. 사무실을 나와 집으로 돌아가는 길에 아이스크림점에 들렀다.

그곳에는 힐러리와 힐러리의 엄마, 그리고 세 아이가 나란히 앉아 아이스크림을 먹고 있었다. 우리에게 빈 아이스크림 컵을 주면서 알아서 먹으란다. 태준 엄마와 나는 뭘 담아야 하나 둘러보다가 컵이 너무 크다는 생각을 했다. 우리네 밥상의 국그릇보다 큰 통을 다 채우면 분명히 못 먹고 버릴 것이다. 아이스크림과 토핑을 자유롭게 덜어 절반 정도 채웠으나 그마저도 다 먹지 못했다. 너무 달았다. 힐러리의 세 아이는 얼마나 잘 먹는지 다 먹고도 할머니의 아이스크림을 넘보고 있었다. 힐러리는 안된다는 의사를 밝혔지만, 할머니가 아이들 앞으로 당신 몫의 아이스크림을 밀어주셨다. 아이들도 안다. 엄마는 안돼도 할머니는 다 된다는 것을……

서프라이즈~!

아침에 눈을 뜨니 힐러리가 아침을 친정에 가서 먹자고 했다. 어리둥절했다. 때마침 박행주 선생님께 전화가 왔다. 힐러리의 부모님께서 우리 한국팀에게 아침 식사를 대접하신다고 식사 후 바로 이동할 것이니 채비를 다 하고 나오라는 말씀이셨다. 아무리 간단히 준비한다 해도 35명의 아침을 준비한다는 게 간단한 일이 아닌데, 놀라웠다.

힐러리의 친정집은 크고 넓었다. 안쪽으로 펼쳐진 넓은 정원에 이

동식 테이블이 주르르 줄을 맞추어 있었고 체크 무늬의 테이블보가 덮여있었다. 가운데 작은 유리병에 꽃장식까지 세심하게 정성 들여 꾸몄다. 정원에서 바로 꺾어 꽂아둔 것 같은 꽃들이 너무 예뻤고 정원 끝에는 커다란 나무가 있었는데 그 위로 통나무집이 지어져 있었다. 아이들이 오르락내리락 놀 수 있을 만큼 큼직한 통나무집이었고, 〈톰 소여의 모험〉의 톰이나 허크가 등장한다 해도 믿어질 것 같았다. 집주인에게 인사를 하는데 힐러리의 친정 부모님이 아니셨다. 제대로 알고 보니 그곳은 힐러리의 할아버지 댁이었다. 할아버지께서는 앞치마를 두르시고 직접 팬케이크를 굽고 계셨고, 힐러리의 할머니는 샐러드는 만드시고 또 소시지를 굽거나 스크램블드에그를 만들고 계셨다. 정원에서 만들어지는 음식과 이어진 주방에서 만들어지는 음식까지 잔칫집이었다. 아니 가든 레스토랑이었다. 어르신들이 손수 음식을 하시는데 그냥 보고만 있을 대한민국 아줌마가 어디 있을까? 팔 걷어붙이고 덤벼들어 음식을 만드는 것을 거들었다.

아침 식사를 2시간이나 놀며 먹은 것 같다. 이야기하다 먹고, 먹다가 이야기하고, 여유로웠다. 첫 만남부터 폐막을 앞두기까지 나눌 이야기는 넘쳐났다. 알고 보니 힐러리의 친정엄마가 행사의 책임자였다. 힐러리의 집안은 이 지역에서 꽤 영향력 있는가 보다.

오늘은 저녁에 치러질 폐막식 공연 말고는 공연 일정이 없다. 더구나 무대를 꾸며야 해서 연습을 할 수도 없으니 자유시간이 많았다. 우리는 강변 보트 파티에 초대받아 이동했다. 축제 기간이라 곳곳에서 이벤트 행사가 열렸다. 렉스버그에서 보았던 스네이크강이 이곳 벌리에서도 흐르고 있었다. 강변의 공원에서 점심을 먹으며 차례를 기다려 보트체험을 했다. 모터보트가 물살을 가르며 나아가는 모습은 보는 것만으로도 시원했다.

휴대전화에 일정 알림이 떴다. 박행주 선생님의 생신이다. 음력 생신날을 기념하셔서 양력에 닿는 날짜가 바뀌지만 재작년 오스트리아 축제에 참여하며 생신을 맞으셨던 기억이 있어 기록해 둔 게 있었다. 생신인데 미역국도 못 드시고 가족과도 떨어져 계신 것이 맘에 걸렸다. 그래서 선생님을 뺀 어른 스태프 모두가 작전을 짰다. 눈

치 빠른 아이들 몇몇과도 작전을 공유했다. 케이크를 준비해 올 동안 아이들이 말썽을 일으키는 척하든지 태준 아버님이 긴히 할 이야기가 있는 것처럼 다른 장소로 이끈다든지 여러 가지를 계획했다.

케이크를 준비하려면 현지 호스트에게 도움을 요청해야 했다. 딸아이의 홈스테이 맘을 찾았다. 서프라이즈 파티를 준비할 것인데 도울 수 있느냐고 물었더니 선뜻 돕겠다며 신났다. 근처에 케이크를 살 수 있는 마트로 우리를 데려가 주었고, 모인 사람들이 한 조각씩이라도 나눠 먹을 수 있게 되도록 커다란 케이크를 골랐다. 10년짜리 초가 따로 없어서 나이 수만큼 초를 받으니 좀 많았다. 드디어 작전 개시. 선생님을 유인하고 계실 태준 아버님과 통화하면서 도착을 알렸다.

주차장에서부터 주위를 살피고 아이들 몇몇을 앞세워 케이크를 감추면서 이동했다. 멀리서 태준 아버님과 함께 걸어오시는 선생님이 보였다. 가까이 오셔서 케이크를 발견했을 때 생일축하 노래를 부르기 시작하니 주변에 있는 사람들 모두가 환호하며 축하해 주었다. 케이크 구매를 도운 홈스테이 맘이 깡충깡충 뛰며 작전 성공을 기뻐했다. 케이크를 자르고 선생님께서 감사 인사의 말씀을 하실 때 장난기가 발동한 내가 케이크의 크림을 걷어 선생님의 얼굴에 묻혔다.

" 선생님~ 죄송하지만, 오늘은 용서하세요."

감히 선생님께라서 철퍽 묻히지는 못했다. 더구나 나눠 먹을 케이크가 부족할까 봐 염려되었다. 소심했다. 코와 턱에 크림을 묻히신 선생님의 모습에 모두가 한바탕 까르르 웃었다. 선생님께서도 즐거워하셨다.

드디어 폐막. 나라별로 공연을 한 후 갈라 공연을 마지막으로 미국에서의 공연 일정이 끝났다. 우리나라는 판굿 공연으로 여러 가지 개인기까지 선보이며 인기를 끌었다. 평균연령이 가장 어린 팀으로 귀여움도 독차지했다. 콜롬비아, 중국, 과테말라, 이스라엘, 그리고 로컬 댄스팀과 밴드가 어우러진 멋진 축제였다. 갈라 공연이 끝난 시각이 꽤 늦기도 했고 이후 댄스파티는 아이들이 참여할 수 있는 분위기가 아닌 것 같아 우리는 서둘러 자리를 떠났다.

라스베가스

축제는 끝이 났다. 떠나야 할 길이 먼 우리는 새벽같이 일어나 출발준비를 하고 집결 장소에 모였다. 배웅 나온 호스트들이 맡았던 아이들과 포옹하고 짐을 챙겨주며 헤어짐을 아쉬워했다. 차에 오르기까지 잡은 손을 놓지 않았고 눈가는 촉촉이 젖어 들었다. 메일주소와 SNS 주소를 주고받으며 이별을 감당했다. 이후 나흘간 관광을 한 후 LA 공항에서 집으로 돌아가는 비행기를 탈 것이다. 힘든 축제 일정을 다 소화했으니 어쩌면 긴장이 풀릴 수도 있다. 그러나 아직 남은 일정을 안전하게 잘 마치고 돌아가려면 더욱 신경 써야 할 거란 생각이 들었다. 관광지를 다닐 때 많이 걸어야 할 수도 있고 아이들끼리 사소한 다툼이 생길 확률도 높다. 혹시라도 아픈 아이가 생기거나 다치는 일이 발생하게 되면 큰일이다. 그동안은 호스트들이 함께 챙기고 도와주었으니 수월했을 것이다. 스태프들끼리 서로 독려하며 하나하나 점검했다.

아이다호를 떠나 유타주의 솔트레이크시티로 이동해 관광 일정 동안 함께할 현지 가이드와 만난 시각이 오전 10시였다. 버스로 네바다주를 통과해 라스베가스로 이동하는데 6시간 30분 정도 걸린다고 했다. 종일 이동해 저녁에 도착한다는 뜻이었다. 현지 가이드도 한국분이시고 버스 기사님도 한국분이셨는데 실제 나이보다 젊어 보이는 건장한 할아버지셨다. 인사할 때 아이들이 두 분을 어떻게 불러드려야 할지 어려워했다. 할아버지라고 부르라며 환히 웃으시는데 웃음소리가 우렁차다고 할 만큼 크고 호탕했다. '기사 할아버지'와 '가이드 선생님'으로 호칭 정리가 끝났다.

겉으로 보기에도 큰 버스는 넓고 쾌적했다. 앞쪽 말고도 중앙에 출입구가 하나 더 있었는데 그 옆에 화장실도 있었다. 기사 할아버지는 2시간마다 주유소나 휴게소를 들러 쉬었다 갈 테니 되도록 사용

을 자제해달라는 부탁을 하셨다. 이동시간이 길어 지루할까 봐 영화를 틀어주셨는데 보는 아이, 자는 아이, 떠드는 아이, 제각각이었다. 창밖의 풍경은 허허벌판, 끝도 없는 서부의 사막이었다. 간혹 척박한 바위가 나타났고 그 틈에 사막식물이 조금 보였다가 사라졌다. 변화가 없는 풍경이 지속되는 것을 보면서 그 넓은 땅덩이를 실감했다. 누런 벌판, 어릴 때 주말의 명화에서 보았던 서부 영화의 황야였다.

얼추 점심시간이 되었을 때 주유소와 편의점이 있는 곳에 닿았다. 선택의 여지가 없이 점심으로 햄버거를 먹어야 했다. 가이드 선생님이 아이들이 달가워하지 않는 표정을 알아채시고는 웃으면서 말씀하셨다.

"너희들 밥 먹고 싶구나. 한 번 만 더 참자. 저녁에는 한식이야. 김치찌개."
"와~ 진짜죠? 아저씨 저 많이 먹을 거예요."
"그래, 실컷 먹게 해줄 게~ 앞으로는 적어도 하루 한 번은 꼭 한식을 먹을 거야."

아이들은 함성을 지르며 좋아했다. 오래 지체할 시간도 없이 다시 버스에 올랐고 라스베가스로 향했다. 지루한 창밖 풍경을 내다보다가 나도 스르르 잠이 들었다.

"아줌마, 저 배 아파요."
"어떻게 아픈지 설명해 줄 수 있어?"

점심으로 햄버거를 먹은 게 탈이 났나 보다. 얼굴색이 창백한 아이가 답답하다고 호소하는 것을 보니 체한 것 같았다. 배낭에서 상비약 가방을 꺼내 소화제를 찾아 먹이고 아이의 엄지와 검지 사이를 눌러 지압을 해줬다. 누르는 곳이 아프다고 했지만 달래가며 계속 자극했다. 한참 뒤에야 좀 나아졌다는 말을 들었고 아이의 얼굴에 창백한 기운이 사라진 것을 확인했다. 계속 지켜봐야겠지만 그만

하길 다행이라 생각했다.

　드디어 라스베가스에 도착했다. 사막풍경은 온데간데없고 커다란 건물이 나타난다 싶더니 화려한 간판이 빽빽이 보이기 시작했다. 커다란 야자수 나무들이 도로변과 건물 사이에 자리했다. 도시의 소음과 거리를 메우고 있는 많은 사람이 라스베가스를 설명하는 것 같았다.

　버스만 타고 딱히 한 일도 없는데 피곤했다. 배도 고팠다. 한식을 먹을 수 있는 식당에 도착한 아이들은 신이 나서 떠들었다. 우리만 식사하는 곳이 아니라 예의를 지켜야 한다고 테이블마다 일일이 당부했다. 주의를 주었음에도 또 아이들은 메뉴를 고른다고 난리였다.

　이미 예약해 둔 것이 김치찌개 백반. 메뉴를 싹 걷어치웠다. 그리도 다시 조용히 하자고 타일렀다. 식당 주인은 웃으시며 아이들이니 이해한다고 넉넉한 미소를 지으셨다. 아이들 챙기느라 고생이 많겠다며 안전하게 잘 다녀가라는 말씀도 더하셨다. 아이들은 김치찌개 맛에 허기를 더 느꼈는지 밥을 더 달라더니 세 그릇, 네 그릇을 먹기도 했다. 또 잔소리를 했다. 갑자기 많이 먹으면 탈 나니까 적당히 먹으라고 그릇 수를 세어야 했다. 무슨 애들이 밥을 이렇게 많이 먹느냐 할 것 같았다. 밥값을 더 드려야 하는 것이 아닌지 걱정될 정도였다. 그날 지어둔 밥을 우리 아이들이 다 먹은 거나 다름없다는데, 감사하게도 비용을 더 요구하지 않으셨다.

　실컷 저녁을 먹고 식당을 나왔을 때는 벌써 어둠이 까맣게 내려앉았다. 가이드 선생님께서 안내하시는 대로 걸어서 이동하니 벨라지오 호텔이 나왔다. 그리고 그 앞에 펼쳐지는 음악분수 쇼를 볼 수 있었다. 아이들 머릿수를 세어가며 안전하게 잘 따라오는지, 어디 따로 뒤 쳐진 아이는 없는지 둘러보느라 눈이 쉴 새가 없었다. 더구나 눈 앞에 펼쳐지는 분수 쇼는 화려한 조명과 함께 사람을 홀리기 딱 좋았다.

　가이드 선생님께서 아이들이라도 도시 야경을 관람하는 게 좋겠다며 뷰포인트로 이동하셨다. 한 시간 정도 밤 도시의 풍경을 돌아보며 사진을 남겼다.

'미국까지 와서 이 정도는 봐야지, 언제 또 와 보겠어?'

그런 생각은 어른들이 하는 거다. 아이들 표정에는 누적된 피곤함에 귀찮음이 나타났다. 그래서 딱 거기까지. 일정을 마무리했다.

얼른 호텔로 가 아이들을 쉬게 하려고 버스에 올라 호텔(CIRCUS CIRCUS)로 이동했다. 8시가 조금 넘은 시각 호텔에 도착했다. 2인 1숙소를 배정한 후 카드 키를 하나씩만 주었다. 키를 놓고 나오거나 혹시 발생할지 모르는 응급상황에 대비해 스태프가 가지고 있어야 한다. 너무 곤한 잠에 빠져 아침에 못 일어나는 아이들은 일일이 방문을 열고 들어가 깨워야 했다. 내가 카드 키를 모아 네임펜으로 몇 호실을 누가 사용하는지 하나하나 적었다. 잠들기 전에 방마다 찾아다니며 불편사항이 있는지 확인하고, 이후 일정을 알려주어야 한다. 또 늦게까지 안자고 시끄럽게 떠들거나 뛰어서는 안 된다는 잔소리도 빠뜨릴 수 없다. 한 차례 아이들을 만나고 돌아오니 9시가 넘었다.

스태프가 한방에 모여 다음날 일정에 관해 이야기를 나눈 끝에 일종의 모의를 했다. 여기는 라스베가스.

"어른들은 카지노 체험을 한번 해봐야 하지 않느냐?"
"난생처음인데 카지노라는 곳을 한 번 구경이나 해보자."

뜻이 모였고 지침을 논의했다. 첫째, 딱 10달러씩만 쓰고 1시간 넘으면 퇴장한다. 둘째, 만약 누군가가 대박이 터지면 인원수대로 나누어 갖는다. 이 두 가지를 약속했고 모두가 동의했다.

카지노로 들어갔다. 우선 10달러를 사용 가능한 칩으로 교환했다. 그리고 각자 흩어져서 자유롭게 구경하고 1시간 뒤에 만나기로 했다. 화려한 기계들 앞에 앉은 사람들이 보였다. 그들의 뒤로 지나며 어떻게 하는 것인지 어깨너머로 구경했다. 그러다 비어있는 자리에 앉아 동전을 넣고 버튼을 눌렀다. 데굴데굴 돌아가다가 멈추어 나온 결과로 모니터 속에 나타나는 숫자가 달라졌다. 내 돈이 늘었다가 줄었다가 하는 것이다. 10분도 채 안 되어 5달러를 다 잃었다. 자리

에서 빠져나와 다른 곳을 기웃거렸다. 다른 분들은 어디서 뭘 하고 계시나 둘러보기도 했다.

무척 넓은 곳인데도 동양인이 드물어서 그런지 내가 아는 얼굴을 쉽게 찾을 수 있었다. 괜히 근처로 다가가 잘하고 계시는지 염탐도 했다. 어슬렁거리다가 다시 남은 5달러를 쓰기 위해 앉았다. 기계마다 조금씩 다르고 낯설었다. 모니터를 한참 들여다보니 화면이 차례로 바뀌면서 도움말이 나왔다. 천천히 읽었다. 서툰 영어 실력으로는 빠르게 읽어낼 수가 없었다. 하지만 반복해서 다시 나타나는 글씨를 퍼즐 맞추듯 읽으며 대충 이해했다.

설명을 읽은 것이 도움이 되긴 했나 보다. 5달러로 시작한 돈이 점점 불어나더니 50달러가 넘었다. 반복해서 버튼을 누르고 뱅글뱅글 돌아가는 것을 멈춘 뒤 설명을 읽은 대로 사다리 줄을 바꿔 선택했다. 결과가 좋았다. 줄을 잘 골라서 돈이 자꾸 불어났다. 오, 재미있다. 계속 돈을 불리고 있는데 뒤에서 기척이 났다. 돌아보니 다른 스태프들이 나를 지켜보고 계셨다. 벌써 10달러를 다 잃은 후라고 했다. 모두가 지켜보는 가운데 또 버튼을 눌렀다. 이번에도 돈이 불어 129달러가 넘었다. 여기까지, 아직 약속한 1시간에서 15분이 남았지만 멈췄다. 그것으로 족했다. 남은 15분을 채우는 것은 의미가 없었다. 칩을 돈으로 교환했더니 100달러 지폐와 20달러, 5달러, 1달러, 그리고 잔돈으로 동전까지 골고루 받을 수 있었다. 100달러 지폐를 10달러 지폐로 바꿔 스태프들과 나눴다. 10달러씩 본전만 받으셨다. 남은 돈으로는 "나중에 한턱내라. 어쩌면 그 돈이 더 들 것이다." 하시며 웃으셨다. 유쾌했다. 내가 돈을 불려 나눠드릴 수 있었으니 그것도 기분 좋은 일이었다.

잠시 딴짓을 하고 본분으로 돌아와 아이들 방을 찾아다녔다. 벌써 잠든 아이, 조용히 TV를 보는 아이, 씻는 일이 오래 걸리는 아이, 제각각이었지만, 다행히 어디 아프거나 불편해하지 않아서 안심되었다. 관광 일정의 첫날이 다 지났다.

그랜드캐니언

　라스베가스에서의 아침. 아이들은 아침 인사로 '아침으로 무엇을 먹느냐'고 물었다. 호텔에서 먹는 줄 알았다가 밖으로 이동한다고 하니 또 햄버거를 먹느냐고 놀라 묻는 아이도 있었다. 한식당에 가서 불고기 정식을 먹을 거라고 알려주었더니 아이들의 표정이 밝아졌다. 아침부터 밥을 얼마나 많이 먹는지 엊저녁에 밥을 서너 그릇 먹은 아이들이 아니라 사흘은 굶은 아이들 같았다. 잘 먹는 것은 좋은데 또 걱정이다. 아이들을 챙기다 보면 긴장을 안 할 수가 없다. '욕심부리지 말고 적당히 먹자', '자꾸 더 달라고 해서 음식 남기면 안 된다', '예의를 지켜라' 등등 잔소리가 끊이질 않는다. 부른 배를 두드리며 만족스러워하는 아이들을 보니 저절로 웃음이 났다. 그리고 또 잔소리. 혹시라도 배가 아프면 얼른 얘기하라고. 기우였다. 과하게 먹었어도 한식을 먹은 후에 탈이 난 아이들은 없었다.

　든든하게 먹고 나서 우리는 그랜드캐니언으로 이동했다. 신이 빚

어낸 최고의 걸작이라 불리며 미국의 국립공원 중 가장 많은 관광객이 방문한다는 곳이다. 넓디넓은 곳의 아주 작은 한 조각 만큼을 볼 수 있었지만, 그 한 조각만으로도 어마어마한 규모를 느낄 수 있었다. 전망대에서 내려다본 깊이와 넓이 크레이프 케이크처럼 층층이 고운 색을 달리하는 흙빛이 정말 아름다웠다. 기념품을 파는 곳에서 그랜드캐니언의 자연 배경이 담긴 달력을 샀다. 다달이 변화하는 자연을 담은 것이라 계절의 변화를 볼 수 있었고, 내가 이곳을 다녀간 해를 기념하려는 의미도 있었다. 아이들을 배려해서 비교적 오르기 쉬운 코스로 이동했는데 반려견과 함께 온 현지인이 있었다. 제법 몸집이 큰 불독이 뒤뚱거리며 걷는 게 정말 귀여웠다. 그 모습을 보고 장난기가 발동했나 보다. 아이 중 한 녀석이 겁도 없이 개를 놀라게 하는 장난을 쳤다. 불독이 어찌나 사납게 달려들며 짖어 대는지 아이가 물릴까 봐 너무 무서웠다. 다행히 주인이 목줄을 당겨 제어했다. 너무 놀라 아이에게 야단을 쳤다. 그런 장난은 위험하다고 알려주어

야 했다. 무안해하는 아이를 보고서야 깨달았다. 아이도 많이 놀랐을 텐데 야단부터 친 것이 미안했다. 걸어 내려오면서 다시 물었다.

"너도 많이 놀랐지? 아까는 야단부터 쳐서 미안해."
"괜찮아요."
"큰일 날 뻔했어. 다음부터 그러지 말자."
"네."

워낙 개구쟁이인 것을 알았지만 어리광부리던 아이가 점잖게 대답을 해서 마음이 상한 것이 아닌지 걱정이 되었다. 그것도 잠시, 이녀석이 또 위험한 곳으로 걷는다.

"이리와. 나랑 다정하게 손잡고 가자."
"에이, 아니에요. 아줌마 편하게 가세요."
"너랑 같이 가는 게 편해."
"아, 예~"

순순히 곁으로 왔지만 내 손을 잡는 것은 거절했다. 쑥스럽겠지. 나란히 걸으며 소소한 이야기를 했다.

"여기 와 보니 어때?"
"나중에 엄마랑 아빠랑 다시 오고 싶어요."
"엄마 아빠 생각을 했구나."
"네, 꼭 같이 올 거예요."

아이에게 버킷이 생겼다. 좋은 풍경을 보고 부모님을 떠올리는 결이 고운 아이. 그랜드캐니언의 곱고 고운 빛깔보다 그 마음이 더 예뻤다.

점심을 양식 뷔페로 배불리 먹고 버스로 이동해 강변의 휴양도시 라플린으로 갔다. 콜로라도강이 휘감아 흐르는 강가에 있는 하라스

호텔(HARRAH'S LAUGHLIN)에 도착했을 때는 거의 저녁 무렵이었다. 해가 진 직후 어둑해진 하늘과 강가에 늘어선 반짝이는 조명은 또 다른 풍경이었다. 강가에서 모래를 밟고 노는 아이들의 실루엣만이 두드러져 보였는데 어디를 찍어도 작품이 될 듯 아름다웠다.

관광이라는 것이 이동하는 데에만 걸리는 시간도 만만치 않았고 이미 페스티벌에 참여하느라 많은 에너지를 쏟아낸 탓에 피로감은 풀리지 않았다. 호텔로 돌아가 뷔페로 저녁을 먹고 모두 각각의 방으로 흩어져 쉬었다. 옆방의 친구들과 수다를 떨다 너무 소란스러워 민폐를 끼치게 될까 봐 방에서 나오지 말라고 당부했는데 아이들끼리는 방안의 전화로 서로 통화하며 또 만나고 있었다. 가르쳐주지 않아도 필요한 것은 알아서 깨우치는 아이들이다. 개인 스마트 폰은 소지하지 않기로 약속을 하고 공항에서 배웅나오신 부모님께 다 맡기고 떠나왔으니 핸드폰 게임도 못 하는 아이들은 시시때때로 그 심심함에 몸살을 앓았다. 그런데 신기하게도 금세 놀 거리를 만들어 놀 줄 알았으니 스마트 폰을 어린아이들에게 일찍 주지 않는 것이 더 바람직하다는 의견에 고개가 끄덕여지는 순간이었다.

캘리코(calico) 광산

    캘리코 광산은 미국 캘리포니아주 샌버너디노군의 모하비 사막에 있는 유령도시다. 1881년 은광에서 자원을 캐기 위해 몰려온 개척자들이 세워 많은 사람이 몰렸으나, 1907년 봉사 채취가 끝난 후 완전히 버려진 지역이 됐다. 하지만 이후 군립공원을 지정되고 관광지로 개발되면서 현재는 많은 관광객이 방문하는 곳으로 탈바꿈했다.

[위키백과]

호텔에서 조식을 먹고 출발해서 우리는 캘리코 은광 촌으로 향했다. 사막을 가르고 한참을 달리다가 갑자기 나타난 마을은 서부 영화를 촬영하는 세트 같았다. 관광객으로 붐비지도 않았고 우리가 나타나 마을을 점령한 것 같은 느낌이었다. 마을 입구에 있는 나무는 사막에서 버티느라 애쓰는 것처럼 시들시들했다. 원래 그런 종류의 나무라는데 그 자리에 딱 어울리는 모습이란 생각을 했다.

그리 넓은 공간이 아니니 흩어져 자유롭게 둘러보기로 했다. 유령 도시 같은 분위기를 연출하기 위해 뜨거운 낮인데 하얀 천을 쓰고 휘리릭 뛰어다니며 연기하는 연기자도 있었다. 서부 영화 속 결투장면을 재연하는 연기자들이 복장을 갖추어 입고 나타나 서로를 향해 총을 쏘며 싸운다. 실감 나는 총소리와 화약 냄새가 확 풍겨왔다. 기념품을 파는 상점에는 미국을 상징하는 성조기 굿즈와 서부 영화 속 마차, 카우보이의 소품 등 다양한 상품이 빼곡히 진열되어 있었다. 특이한 것은 실제 사용하는 동전을 프레스 기계에 넣고 납작하게 눌러 목걸이용 펜던트나 팔찌용 펜던트로 만들어주기도 했다. 물론 동전도 내 것이어야 하고 만드는 비용도 지급해야 했다.

궁금증이 생겼다. 동전이라 해도 화폐를 훼손해도 되는 건가? 이렇게 상품으로 만들어 파는 것이 법적으로 허용되는지 가이드 선생님께 물었더니 문화의 차이라고 설명하셨다. 주마다 법이 달라서 정확히는 모르겠다고도 말씀하셨다. 생각해보니 아주 오래된 옛날이야기기는 하지만 철길 근처에 사는 아이들이 동전을 선로에 올려놓고 열차가 지나가기를 기다리며 납작하게 만들기도 했었다. 그 정도의 애교로 생각해도 좋을 것 같았다.

카우보이 인형이 한쪽 끝에 달린 연필을 샀다. 'made in china'였지만 연필이라서 샀다. 모양만 '그럴싸' 할 뿐 잘 만들어진 제품은 아니었다. 언젠가부터 해외에 갔을 때 그 나라의 상징물이 달린 연필을 사기 시작했다. 거의 다 'made in china'라는 것을 알면서도……

관람을 마치고 버스에 오르려는데 할아버지 기사님이 한 상 차려 놓으셨다. 아이들에게 먹이고 싶어서 준비하셨단다. 다양한 과일이

시원하고 맛있었다. 이렇게 필요한 순간에 주고 싶어서 아이스박스에 담아 오셨단다. 사과, 체리, 멜론, 수박이 달고 시원했다. 사막에서 오아시스를 경험하는 것 같은 기분이랄까? 생각지도 못한 과일 파티로 행복하고 맛있는 시간이었다. 할아버지 기사님은 '감사합니다.'라고 외치는 아이들의 목소리에 껄껄 웃으셨다.

　뜨거운 사막을 몸으로 느끼고, 기사님 덕분에 달콤한 오아시스 맛도 보았으니 다시 버스에 올라 L.A로 출발했다. 기나긴 일정이 이제 거의 끝나간다. 이틀 남았다고 생각하니 지난날이 또 길게 느껴지지 않는다. 아이들도 마음이 엇갈리나 보다. 엄마가 너무 보고 싶고 집에 가고 싶지만, 또 집에 가면 학원 다녀야 해서 가기 싫은 마음도 있다. 나도 그랬다. 집 걱정에 얼른 가고 싶다가도 언제 또 이런 기회가 찾아올까 싶어 못내 아쉬운 마음도 있었다. 그래서 남은 일정도 후회 없이 알차게 즐기기로 다짐했다.

게티 센터(Getty Center)

  게티 센터(Getty Center) - 미국 캘리포니아주 로스앤젤레스에 위치한 사립 박물관 및 연구·보존센터를 갖춘 종합미술캠퍼스. 폴 게티(J. Paul Getty)가 수집한 미술 작품을 소장 및 전시한다. 1997년 12월 16일 개관하였다. 석유사업가 폴 게티(J. Paul Getty, 1892~1976)가 1954년에 박물관 공간을 LA 서부의 퍼시픽 팔리사데스(Pacific Palisades)에 위치한 자택에 만든 것이 그 전신이다. 이탈리아 별장 건물을 복제하여 캘리포니아 말리부(Malibu)에 지은 게티 빌라(Getty Villa)에서 1974년부터 소장품을 전시하기 시작하였으며 1976년 그의 사망 이후 폴 게티 신탁(J. Paul Getty Trust)에서 소장품과 박물관을 관리하기 시작하였다. 그러나 게티 빌라의 협소한 공간 문제로 브렌트우드(Brentwood) 언덕 정상에 97,000㎡ 면적 대지를 활용하여 게티 센터 캠퍼스를 설립, 1997년부터 대중에 개방하였다. 해발고도 270m에 위치하여 산타모니카 해변과 캘리포니아주립대학 로스앤젤레스(UCLA) 캠퍼스를 내려다보는 자리에 있으며 지하 7층으로 이루어진 주차장에서 게티 캠퍼스까지 모노레일인 "게티 센터 트램(Getty Center Tram)"으로 이동할 수 있다. 게티 센터의 건물들은 건축가 리처드 마이어가 설계한 것으로 모두 하얀 대리석으로 지어졌다. 캠퍼스 내에는 게티 박물관을 비롯하여 게티 연구소(Getty Research Institute), 게티 미술보존 기관(Getty Conservation Institute), 게티 재단(Getty Foundation), 폴 게티 신탁이 위치해 있다. 말리부 게티 빌라는 보수 공사 후 그리스·로마 미술 전시 및 연구 기관으로 2006년 1월부터 개방하고 있다.

로스앤젤레스의 명 건축물로 각광을 받고 있는 게티 센터(Getty Center)는 도심에서 서북쪽으로 그다지 멀리 떨어져 있지 않은(자동차로 약 20분 정도) 브렌트우드 언덕 정상에 우뚝 솟은 유백색의 눈부신 건물군으로 이루어져 있다. 남쪽으로 산타모니카 산을 바라보며 서쪽으로는 태평양을 내려다보는 파노라믹한 아름다운 자연 환경과 절묘한 조화를 이룬 이 초현대식 건물들은 미술관 종사자나 미술사 연구자들의 꿈을 실현한 듯 이 분야의 첨단 시설을 자랑한다. 이러한 이유로 이 센터는 '21세기의 문화 아크로폴리스'라는 별명을 얻기도 하였다. 그 가운데 가장 큰 비중을 차지하는 것이 미술관이다.
[네이버 지식백과] 게티 센터 [Getty Center] (두산백과)

드디어 모하비 사막을 가로질러 L.A.에 도착했다. 우리는 양식 뷔페로 배부터 든든히 채운 후 고흐의 '아이리스'를 볼 수 있다는 게티 센터를 찾았다. 내가 좋아하는 화가가 고흐다. 고흐를 너무 좋아해서 고흐의 그림이 그려진 굿즈나 전시회 도록을 수집하고 있던 터라 고흐의 '아이리스'를 볼 수 있다는 것이 얼마나 기뻤는지 모른다. 어려서부터 전시회를 같이 다녔던 딸도 역시 고흐를 좋아하니 덩달아 들뜬 모습을 볼 수 있었다. 언덕 위에 있는 미술관으로 가기 위해 주차장에서부터 트램을 타고 입구까지 올라갔는데 오르면서 볼 수 있는 풍경은 어마어마했다. 날씨도 청명해서 로스앤젤레스가 한눈에 내려다보였다. 높은 곳이라 그런지 바람이 좀 세서 머리카락이 마구 헝클어졌다. 머리를 헝클어뜨리는 바람이 시원하고 얼굴을 간질이는 느낌이 나쁘지 않았다. 미술관 로비에 게티 센터 건물군 모형이 있었는데 유명화가의 작품을 전시하고 있는 것 말고도 게티 센터 건물군 자체가 주목받는 건축물이라는 것을 건축을 모르는 내가 보아도 알 수 있었다. 가이드 선생님께서 우리가 둘러볼 곳을 동선에 따라 설명해 주셨다. 미술관 안에 전시된 유명한 작품만큼이나, 어쩌면 그 이상으로 아름다운 건축물과 조경, 드높은 파란 하늘까지 어우러져 거대한 완성 작품이었다. 어디를 향해 셔터를 눌러도 다 걸작이 되었다.

할리우드(Hollywood)

　게티 센터에서 여유롭게 둘러본 후 해가 질 무렵에 할리우드 스타
의 거리로 이동했다. 유명 배우의 핸드 프린팅이 되어 있는 곳에서
아는 배우의 이름을 찾아 읽었다. '소피아 로렌'과 '로버트 드니로'.
좋아하는 배우를 찾았다. 나란히 내 발을 올려두고 사진을 찍고서 또
그게 뭐라고 어린애처럼 좋아했다.

"아줌마, 누구인데 그렇게 좋아해요?"
"니들은 모른다. 옛날 배우거든...."

"아줌마 옛날 사람."
"맞아. 옛날 사람."

아이들은 배우들의 핸드프린팅 된 곳에 손과 발을 넣어보고 크기를 비교해 보며 나름의 관광을 즐겼다.

맨즈차이니즈극장에서도 '그런 게 있나 보다.' 하는 표정으로 따라다녔다. 사실 아이들이 좋아할 만한 관광 코스는 아닌 것 같다. 아이들은 함께 공연하고 홈스테이 식구들과 뛰놀던 것이 더 좋았을 것이다. '미국에, L.A.에 왔으면 이건 보고 가야지' 하는 것들을 더 많이 보여주려는 것은 어른들의 시각이고 욕심일지 모른다. 아이들에게는 그다지 중요하지도 궁금하지도 않은 일정일 수도 있을 것이다. 주변을 둘러보며 관광을 즐기는 것보다 같이 다니는 친구들과 장난치고 툭탁거리는 것에 더 정신이 팔려있다.

배고파하는 아이들을 한식 고기부페로 저녁을 먹였다. 한식이라

무조건 맛있다는 아이들…….

미국에서 먹는 한식은 어딘가 모르게 2% 부족하다는 것이 느껴진다. 아쉬워도 맛있다. 저녁을 먹은 후 코리아타운의 중심부에 있는 라마다(RAMADA INN WILSHIRE) 호텔에 체크인하고 배정받은 방에서 자유롭게 쉬도록 했다. 집에 갈 날이 다가오는 만큼 더해지는 피곤함을 체감하고 있었다.

유니버셜 스튜디오

유니버설 스튜디오 [Universal Studios]

미국 캘리포니아주(州) 로스앤젤레스 북부 할리우드 북쪽에 있는 영화 스튜디오.

로스앤젤레스에 있는 영화 스튜디오 가운데 가장 규모가 큰 것으로 샌퍼낸도 계곡의 넓은 부지 위에 마련된 영화촬영장이다. 유명영화의 세트 및 특수촬영장면, 스턴트 쇼 등을 관람할 수 있는 일종의 놀이공원으로 스튜디오 투어, 스튜디오 센터, 엔터테인먼트 센터 등 3가지 코스로 구분되어 있다.

스튜디오 투어(Studio Tour)는 트램이라는 안내 버스를 타고 영화 속에 등장했던 세트를 돌아보는 코스이다. 뉴욕 브로드웨이나 멕시코풍의 무대, 킹콩과 조스, 대지진 등의 세트를 관람할 수 있다.

스튜디오 센터(Studio Center)는 특수촬영장면이나 실제 촬영모습을 관람할 수 있는 코스로, 기구를 타고 고대 이집트 문화를 경험할 수 있는 미라의 복수(Revenge of the Mummy-The Ride), 지진이나 화재 등 영화 속에 등장했던 재난의 공포를 직접 체험하는 백 드래프트(Back draft), 특수촬영 효과의 이면을 살펴볼 수 있는 스페셜 이펙트 스테이지(Special Effects Stages) 등 테마별로 구성되어 있다.

엔터테인먼트 센터(Entertainment Center)는 실제로 영화에 출연해보거나 또는 영화에 출연했던 동물들의 묘기, 스턴트 쇼 등을 관람하는 코스이다. 스튜디오 옆에는 18개의 영화를 동시에 상영하는 대형 영화관 시네플렉스 오디언(Cineplex Odeon)과 레스토랑, 쇼핑센터 등이 마련되어 있어 매년 약 7,000만 명의 관광객이 찾는 곳이다.

[네이버 지식백과] 유니버셜 스튜디오 [Universal Studios] (두산백과)

집으로 돌아가기 1일 전, 오늘 일정은 아이들이 좋아할 만하다. 유니버설 스튜디오를 관람하고 놀이기구를 탈 수 있도록 가이드 선생님께서 전원 원데이 패스를 예약해 놓으셨다. 유니버셜 스튜디오 입구에 도착하자 벌써 줄이 길게 늘어서 있었다. 가이드 선생님의 안내에 따라 원데이 패스 이용자 전용 출입구를 통해 여유 있게 입장했다. 먼저 스튜디오 투어를 위해 트램이라는 안내 버스에 올랐다. 특수촬영장으로 이동해 대지진으로 땅이 뒤틀리고 불어난 강물이 순식간에 덮쳐오는 것을 바로 앞에서 보며 실감 나는 체험을 했다. 영화 죠스의 촬영장에서는 배에 올라 상어 모형이 달려드는 움직임을 실제 배우처럼 느낄 수 있었다. 아이들은 신이 났다. 물이 튀어도 아랑곳하지 않고 소리를 지르면서도 재미있어했다.

스튜디오 센터에서는 영화 〈워터월드〉를 재연해 실제 촬영 모습을 관람할 수 있었는데 배우가 케빈 코스트너가 아니었지만 똑같은 분장과 연기로 생생하게 표현했다. 영화 〈워터월드〉를 보지 않았더

라도 그 규모 자체로 즐길 수 있었다.

빠르게 돌아보느라 배고픈 줄 몰랐다가 식당이 즐비한 곳에 다다르자 급한 허기를 느꼈다. 많은 인원이 간단히 먹을 수 있는 점심으로 맥도날드 햄버거를 선택했다. 워낙 많은 사람이 모이는 곳이라 햄버거를 사려는 줄이 꽤 길었다. 다른 곳도 마찬가지여서 나는 주문을 하기 위해 줄을 섰고 아이들은 주변에서 자유롭게 쉬기로 했다. 한국의 맥도날드와 기본 햄버거 크기가 달랐다. 빅사이즈는 너무 커서 좀 작은 사이즈로 32개를 주문했다. 햄버거 한 개 가격이 4달러가 조금 넘었는데 음료와 함께 32인분의 가격이 160달러에 달했다. 환전한 현금을 쓰려고 50달러 지폐 1장, 20달러 지폐 4장, 10달러 지폐 2장, 그리고 나머지는 1달러 지폐와 동전까지 딱 맞추어서 건네주었다. 거스름돈을 받지 않으려고 일부러 맞춘 것이다. 그런데 현금을 받아든 계산원이 어찌할 줄을 몰라 했다. 바닥에 종류별로 다 늘어놓더니 돈 계산을 못 해서 내가 맞게 지급했는지 확인

을 못 하는 것이다.

어머나, 계산원이 이 정도를 계산 못 해서 어떻게 일을 할까? 어이가 없었다. 가이드 선생님이 오셔서 차라리 카드로 결제하는 것이 어떻겠냐고 말씀하셨다. 이곳은 액수가 커지면 계산을 못 하는 이들이 드물지 않다고 하셨다. 단순한 덧셈을 어려워하다니 나로서는 이해가 안 되는 일이었다. 나라마다 교육수준이 다르고 사람마다 천차만별이라니 그런가 보다 했지만 놀라움은 감추기 힘들었다. 내일 돌아가니 가지고 있는 현금을 쓰겠다고 말씀드렸다. 시간이 계속 지체되었다. 결국, 계산원은 돈을 그대로 두고 어딘가로 가서 사람을 더 불러왔다. 그 사람도 한참을 걸려 계산을 하는데 누군가 또 왔다. 그제야 해결이 되어 주문이 완료되었다. 햄버거 32개를 계산하는데 세 명의 계산원을 만나야 한다니 생각할수록 어이없었다. 세계 경제 대국이라는 이 나라의 기초 교육수준이 도대체 어느 정도일까? 심히 의심스러웠다.

오랜 시간이 걸려 주문한 햄버거를 받아들고 나누는데 사진 담당 지우 아버님이 보이질 않았다. 이동할 때 우리를 놓치셨을까? 아무리 주변을 둘러보고 찾아도 보이질 않았다. 언제부터인지 알 수도 없었다. 문득 아침에 버스에서 내렸을 때 다 같이 한 약속이 떠올랐다.

'혹시나 무리에서 떨어져 미아가 되면 주차장으로 와서 우리가 타고 온 버스를 찾을 것.'

기사 할아버지께서는 버스에서 우리가 올 때까지 계실 것이니 버스에서 안전하게 우리를 기다릴 수 있을 것이었다. 지우 아버님은 벌써 버스로 가 계시는 걸까? 아니면 우리를 찾아 계속 헤매고 계신 것은 아닌지 알 수가 없었다.

햄버거로 배를 채운 후 오후에는 놀이기구를 체험할 차례였다. 가장 인기 있는 세 가지를 정해서 흩어지지 않고 함께 타기로 했다. 무서워서 타고 싶지 않다는 아이도 있었으나 같이 움직여야 하니 한번 체험해보라고 권했고 반강제로 함께했다.

우리가 고른 세 가지는 '쥬라기 파크', '머미', '트랜스포머' 였다. '쥬라기 파크'는 보트를 타고 말 그대로 쥬라기 시대를 재현한 공룡 공원을 다녀오는 것인데 물을 맞을 각오를 하라고 했다. 보트에 올라앉으니 안전바가 내려왔다. 그런데 옆의 뚱뚱한 외국인의 배에 걸쳐서 완전히 내려 오지 않았다. 그런데 그대로 출발을 했다. 그냥 천천히 둘러보는 것처럼 이동해서 별 무서움이나 스피드를 느끼지 못했다. 안심하고 있다가 당했다. 도착지점 거의 가까워졌을 때 폭포 위에서 아래로 거의 직각으로 떨어지는 것처럼 내려왔다. 안전바와 나와의 공간이 꽤 넓어 순간적으로 내가 위로 튀어 나가는 것 같은 공포를 느꼈다. 너무 무서웠다. 원래 놀이기구도 좋아하지 않던 나였기에 아주 극한 체험이었다.

　'머미'는 스피드가 있는 고속 열차였는데 어둠 속에서 나타나는 영상이 속도감이나 깊이감을 더했다. 정신이 하나도 없었다. 겁이 많은 아이들은 얼굴이 하얗게 되어 나왔지만 무서워도 재미있었는지 표정이 밝았다.

"재미있었어? 별로 안 무서웠나 보다?"
"네, 짱이요."
"한 번 더 탈 수 있게 해줄까?"
"아니요, 그건 싫어요."

　재미있었지만 무서웠던지 또 타기는 싫다는 말에 웃음이 터졌다. '트랜스포머'는 로봇의 머리 꼭대기 위치에 우리가 들어앉아 있는 것 같았다. 마치 우리가 직접 조종하는 것 같은 시각으로 보이는 영상이 흥미진진했다. 내가 넘어지고 뛰어내리고 구르고 상대와 싸우는 것 같았다. 스피드도 빨라서 아찔한 순간을 고비고비 넘기며 악당과 싸우는 신이 끝났을 때는 온몸에 힘이 빠질 정도였다.
　세 가지를 다 체험한 후, 아쉬움이 남은 아이들에게 셋 중에 하나만 골라 한 번 더 탈 수 있게 해주셨다. 나를 비롯한 겁쟁이들은 사양

했고 즐기는 아이들은 신이 나서 따라나섰다. 체험을 더 하는 아이들을 기다리면서도 지우 아버님이 혹시 보일까 둘러보며 찾았지만, 어디에도 그 모습을 볼 수 없었다. 일정을 마치고 주차장으로 이동하면서 '거기 계시지 않으면 어쩌나?', '점심은 드셨을까?' 스태프끼리 은근히 걱정했다. 다행히 벌써 버스로 돌아와 주무시고 계셨다. 얼마나 찾았는지 아느냐고 했더니

"순식간에 모두가 사라져서 얼마나 놀랐는지 아느냐? 사방을 뛰며 찾았는데도 없더라. 지갑을 버스에 두고 내려서 돈도 없고 배고파서 혼났다."

하소연하셨는데 기사님이 눈을 찡긋하셨다. 다른 것은 몰라도 점심을 거른 것 같지는 않았다. 무리에서 이탈한 사람이 아이 중 하나가 아니라 어른이라서 그나마 걱정을 덜 했다. 아이 중 하나였다면 아마도 우리는 모든 일정을 취소하고 미아 찾기만 했을 것이다. 무사히 잘 보낸 것에 감사했다.

집으로

이제 집으로 돌아간다. 10시간 이상을 날아갈 생각에 벌써 피곤하다. 날마다 한식을 먹게 해주겠다 하신 가이드 선생님께서는 약속을 지키셨다. 어제저녁에도 한식, 오늘 아침에도 한식을 먹으러 왔다. 된장찌개 백반, 맛이 없어도 밥이 좋았을 텐데 맛있었다. 아이들은 밥을 먹으면서도 돌아가면 "엄마한테 김치볶음밥 해달라고 할 거다.", "라면 끓여 먹을 거다."라며 먹을 궁리를 하느라 시끄러웠다. 아이들이 맛있게 먹는지 챙기느라 테이블마다 돌아다니며 필요한 것은 없는지 물었다. 한 아이가 귀엽게 묻는다.

"아줌마, 우리 서울에 도착하면 몇 시예요?"
"저녁 8시 50분 도착."
"휴~, 그럼 학원 안 가도 되겠다."
"아휴, 도착하자마자 학원갈 생각했어?"
"아뇨, 낮에 도착하면 가야 할 수도 있잖아요."
"엄마가 너 힘들다고 학원 며칠 빼주실 거야. 걱정 마."
"아닐 텐데, 많이 빠져서 가야 할 수도 있어요."
"아니긴, 먹고 싶다는 거 다 해주시고 너희들 푹 쉬게 하실 거야. 내기할래?"

학원 걱정하는 아이들이 귀엽기도 하고 또 안쓰럽기도 했다. 3주간 행사 일정을 소화하는 것이 결코 쉬운 일이 아니었다. 3주간만이 아니다. 8개월 전부터 참여를 결정하고, 하나하나 준비하면서 목표 연습량을 빼곡하게 채웠다. 누구에게나 같은 시간이 주어지는 하루, 우선시 되는 것을 선택하는 수밖에 없다. 풍물 연습시간에 빠질 수 없으니 학원 스케줄을 조정해야 했다. 조정한다 해도 더러 학원을 빠지는 날이 늘어날 수밖에 없었다. 학원 몇 번 더 보내고 덜 보내고는 중요하지 않다. 집으로 돌아간 아이들에게 쉼의 시간은 얼마나 주어질까? 여름방학을 시작하기 전에 떠난 미국에서 3주를 보냈다. 개학할 때까지는 3주 정도 남았을 것이다. 남은 방학 기간이라도 여독을 풀며 쉼의 시간을 보낼 수 있으면 좋겠다.

며칠 동안 안전하게 운전을 해주신 기사 할아버지와 이끌어주신 가이드 선생님께 인사를 작별하고 공항으로 들어왔다. 이동하면서 구름다리를 통해 밖을 보게 되었는데 가이드 선생님께서 멀리서 손을 흔들고 계셨다. 아마도 우리가 통과하는 곳에서 자신을 보게 되리라는 것을 아셨나 보다. 가이드 선생님께서 손을 흔드는 것이 겨우 보일 만큼의 거리라 목소리가 들릴 리 없다. 하지만 아이들은 "안녕히 계세요."하고 큰소리로 인사했다. 아이들 한 무리가 손을 흔들고 있었으니 목소리가 날아가 닿았을지도 모른다. 멀리서 한 번 더 인사하는 그 마음이 여운으로 남았다.

비행기에 올라 좌석을 찾아 앉았다. 도쿄를 경유하는 일정이라 더 긴 비행시간을 각오했다. 고국에서 애타게 기다리시는 부모님들 단톡에 우리의 출발을 알렸다. 무사히 잘 오기를 바라는 메시지로 톡방이 와글와글했다. 출발하면서 사고 소식부터 접했던 3주 전의 기억이 걱정과 염려를 불러오기도 했다. 부모들은 아이들을 만나 품에 안아야 안심이 될 것이다. 그 애타는 마음이 고스란히 전해졌다.

기도와 바람 덕분에 아픈 아이 하나 없이 잘 돌아왔다. 짐을 찾고 출구로 나왔을 때, 환영 현수막까지 만들어 기다리는 부모님들이 한눈에 들어왔다. 남편도 맨 앞에 서 있었다. 반가움의 표현이 제대로 나오지 않았다. 3주라는 시간은 남편과 결혼한 후 가장 오래 떨어져 지낸 기간이다. '떨어져 지내보니 알겠더라. 기러기 아빠는 할 짓이 아니다.' 남편의 소감이었다. 공감했다. 솔직히 나는 미국에 있는 동안은 긴장하며 보낸 시간이라 인지하지 못했는데 마중 나온 남편의 얼굴이 제일 먼저 눈에 들어오고 목 안이 훅 뜨거워지는 걸 내색하지 않으려 일부러 딴청을 부렸다. 애들 챙기느라 고생했다는 부모님들의 감사 인사를 연거푸 받으며 남편에게서 시선을 거두었다.

늦은 시간이라 공항에서 간단히 해산식을 했다. 박행주 선생님께서는 환영해주신 부모님께 감사 인사를 시작으로 함께 한 아이들에게 칭찬과 감사의 마음도 전하셨다. 그리고 한마디 더.

"얘들아, 이번 주는 연습 없다."
"선생님, 오늘 금요일인데요?"
"음, 그래, 다음 주 화요일까지 연습 쉬자. 푹 쉬어,"

비가 오나 눈이 오나 꾸준함과 성실함을 가르치시는 선생님께서 크게 마음을 쓰신 것이다. 가을에 있을 풍물대회나, 공연행사를 준비하는 연습이 또 진행될 것이다. 그것이 이 아이들에게는 일상이다. 일상으로 돌아온 것이다.

에필로그

　힘든 연습량을 소화해가며 성취감을 느끼고 손에 박힌 굳은살을 자랑스러워 하는 아이들이 친구들이나 후배들에게 동아리를 소개할 때 하는 말이 있다.

　"진짜 진짜 힘든 데 정말 재미있어,"

　이 세상에 태어나 오늘을 살면서 무엇을 취하고 무엇을 버려야 할지 선택하는 기준으로 이만한 것이 있을까? 힘들지 않은 일은 없다. 다만 힘들어도 참아낼 수 있는 마음가짐이 필요하다. 참아내고 얻은 그 무엇을 아이들은 단순하게 '재미'라 표현했다.
　하지만 아이들은 알 것이다. '재미'로 인해 얻은 에너지와 깨달음이 스스로를 성장시키고 함께 만들어가는 세상에서 얼마나 많은 선한 영향력을 미치는지 말이다. 악기가 어우러져 멋진 가락으로 태어나듯이 홀로 빛나는 것 보다 함께하면 더 밝게 번쩍일 수 있다는 것을 온몸으로 배웠다. 소중한 경험이 아이들의 삶에 녹아들어 살아가면서 어려운 일과 마주하게 되었을 때, 지혜가 드러날 것이다. 올바른 방향을 찾게 되고 힘을 내어 나아갈 것이라 믿는다.
　블로그에 기록해 둔 글을 다듬어 책으로 완성하면서 그 소중한 기억을 다시 떠올리며 행복했다. 세상에 내놓을 수 있게 되어 말로 다 할 수 없이 기쁘다. 기록해둔 글을 읽으며 추억하는 시간은 그리움으로 이어졌다. 이 책을 그때 만나 SNS로 소통하고 있는 친구들에게 소개하고 싶다. 함께 찍은 사진을 보면서 코로나 바이러스 감염증-19 시국에 어떻게 지내는지 궁금하기도 했다. SNS에 올라온 사진을 보니 연락이 뜸했던 사이 아기였던 헤나와 라이사는 쑥쑥 자라서 어여쁜 소녀가 되었다.

당시 중학생이던 딸아이는 대학에 다니고 있고, 초등학생이었던 아들아이가 스무 살이 되었다. 바로 엊그제 일 같은데 시간이 벌써 많이 지났다. 이렇게 많이 지난 줄 자각도 못한 채 흘러버렸다. 그사이 또 많은 경험을 쌓아가며 아이들과 함께 부모도 성장했다는 것을 깨달았다. 그래서 건강히 자라준 아이들에게 감사하다. 감사한 분들 또한 너무 많다. 우리 아이들이 훌륭한 선생님을 만나고 좋은 친구들을 만난 것은 분명 행운이었고 귀한 선물이었다.

박행주 선생님, 교장 선생님, 문 총장님, 스태프로 함께 해주신 태준이 부모님, 지우 아버님, 그리고 함께해준 우리두리 풍물단 아이들에게 그 감사한 마음을 전한다. 그리고 늘 아낌없는 사랑으로 든든히 지켜주시는 부모님과 한결같은 사랑과 응원을 보내는 남편에게 나의 첫 책을 바친다.

마지막으로 나를 이끄시고 나아갈 길을 열어주시는 하나님께 감사 기도를 드린다.

행사소개

Rexburg, Burley – 28th IDAHO International Dance & Music Festival
렉스버그, 벌리 – 28회 아이다호 세계 전통 무용 음악 축제

1983년 유럽 댄스 축제에 참가한 렉스버그 브라이엄 영 대학과 무용 감독, 단체 인솔자들은 미국에서도 그와 같은 행사를 추진할 수 있겠다고 생각하여 행사 후 렉스버스 상공회의소와 시청 담당자를 만났고, 마침 시청과 공무원들도 지역 관광객 유치방안을 구상하고 있던 차라 곧바로 함께 공식 축제 조직위원회를 구성할 수 있었다.

마침내 1986년 렉스버그에서 제1회 축제가 열렸고 각지에서 고유한 민속 춤을 추는 수백 명이 무용수들이 전 세계에서 참여해 왔다. 이렇게 시작된 아이다호 축제는 1986년부터 2005년까지 꾸준하게 진행되었으며 전 세계의 다양한 민속 무용수들이 아이다호주 렉스버그에 모여들었다. 2005년 축제가 특히 성공적인 축제로 꼽히는데 참가자들은 미국에 머물면서 자유 정신에 흠뻑 취함과 동시에 각국의 전통문화들을 서로 배우고 교류했다. 지금껏 아프리카, 아시아, 유럽, 남미, 북미, 그리고 그 외 섬나라들에서 매해 약 10개국 출신 공연단이 찾아오며 한 국가에서는 한 대 대표단만 참가하는 것을 원칙으로 하게 되었다. 2007년엔 렉스버스 세계전통 무용 & 음악 축제가 22년 차를 맞았다.

렉스버그 세계 전통 무용 & 음악 축제는 총 3개 부분에서 미주 지역 버스 협회가 선정하는 북미 최고 100대 행사 중 한 가지로 뽑기기도 했으며 뿐만 아니라 우리 축제에 참가했던 모든 공연 단체들은 너나 할 것 없이 우리 행사를 지금껏 참가한 최고의 행사로 꼽고 있다. 축제 기간 내내 렉스버그의 여러 장소에서 개회식부터 퍼레이드, 가두공연, 청소년 문화강좌, 전문적인 무용 강좌, 공연 및 기타 축하 행사가 펼쳐진다. 강좌들은 개별 참가 단체들에 의

해 진행되며 이렇게 춤, 노래, 웃음과 환호가 길거리와 도시를 가득 메운다.

행사의 주된 목적은 지역 사회 간, 더 나아가 세계 여러 국가 사이의 문화 교류와 시계 평화 증진을 도모하는 것이며 이런 목적에 더 부합하기 위하여 행사 초기부터 축제조직위원회는 참가자들의 지역 민박을 고집해 왔다. 다년 동안 맺어진 외국 참가자들과 지역 민박 가정과의 끈끈한 유대는 행사의 큰 힘이자 자랑거리가 되었고 실제로 우리 축제에 참여했던 무용 감독들과 참가자들이 아이다호 세계전통 무용 & 음악 축제를 특별하게 만드는 가장 큰 요인으로 친절하고 상냥한 민박 가정들을 꼽기도 했다.

* 축제 홈페이지 발췌, 번역 : http://www.idahofolkdance.com

북소리 장구소리

초판1쇄 2022년 6월6일
지은이 안은희
편   집 안은희
펴낸이 안은희
펴낸곳 웅크린불꽃
출판등록   2021년 6월 24일 제 2021-000047 호
주   소 서울특별시 금천구 한내로 62, 1동202호
전   화   010-4813-0334
전자우편   aehoo1128@hanmail.net
인   쇄   BOOKK✏

ISBN 979-11-976659-0-5
ⓒ안은희 2022